全民微阅读系列

你怎么乱敲门

白旭初　著

江西高校出版社

图书在版编目(CIP)数据

你怎么乱敲门/白旭初著. —南昌:江西高校出版社,2017.9(2020.2重印)

(全民微阅读系列)

ISBN 978-7-5493-6054-3

Ⅰ.①你… Ⅱ.①白… Ⅲ.①小小说—小说集—中国—当代 Ⅳ.①I247.82

中国版本图书馆 CIP 数据核字(2017)第 225973 号

出版发行	江西高校出版社
社　　址	江西省南昌市洪都北大道96号
总编室电话	(0791)88504319
销售电话	(0791)88592590
网　　址	www.juacp.com
印　　刷	永清县晔盛亚胶印有限公司
经　　销	全国新华书店
开　　本	700mm×1000mm　1/16
印　　张	13.5
字　　数	180 千字
版　　次	2017 年 10 月第 1 版 2020 年 2 月第 2 次印刷
书　　号	ISBN 978-7-5493-6054-3
定　　价	36.00 元

赣版权登字-07-2017-1181

版权所有　侵权必究

图书若有印装问题,请随时向本社印制部(0791-88513257)退换

目录 / CONTENTS

寻找亲属　　/001
你与谁聊天　　/003
承诺　　/006
理由　　/010
老兵　　/013
戒赌一种　　/017
乞丐一种　　/020
真的很感谢　　/022
他怎么不出事　　/025
反响　　/028
愿望　　/031
老人与儿女　　/033
看门人　　/037
厂长与作家　　/041
我要做陪衬人　　/044
中奖的烦恼　　/047
不回家吃饭　　/050
保姆十五岁　　/052
姨妈的记性　　/055
割稻子的父亲　　/058
克隆一个慧　　/061

醉话　　/063

寻常故事　　/066

看文件　　/068

由头　　/070

神奇的桌缝　　/072

钱多天桥　　/075

意外　　/078

纳闷　　/080

计谋　　/082

鳝鱼风波　　/085

帮儿子写情书　　/088

卖时装的打工妹　　/091

温馨的误会　　/093

恼人的电话　　/096

熟人　　/099

循环　　/101

谁有力量　　/103

我怎么口吃了　　/106

这有何难？　　/107

作证的代价　　/110

屁股决定思想　　/113

失落　　/115

你怎么乱敲门　　/118

烟盒里的秘密　　/121

回报　　/123

反差　　/127

买卖　　/130

蓝色饭盆　　/133

高招　　/135

告状　　/138

防盗网　　/141

老爸有病　　/143

阿玲的心病　　/146

逆转　　/149

人生转折点　　/151

复杂与简单　　/154

幸运的迟到　　/156

女人相亲　　/158

商道　　/161

烦人的垃圾　　/163

逗哭　　/166

孪生兄弟　　/170

钥匙　　/172

"飞车王"的喜剧　　/177

上电视　　/180

看电视　　/183

这个电话必须打　　/185

名片　　/188

错觉　　/191

查电话　　/195

这是怎么回事儿　　/197

求人　　/199

两个总经理　　/201

好一朵茉莉花　　/203

路线　　/205

给自己颁奖　　/208

寻找亲属

如今满大街都是汽车,车多了,难免会发生交通事故。这不,凤凰路路口就有一辆小车闯红灯,把一位过斑马线的老大爷撞飞了。可恨的是,这辆肇事的蓝色宝马竟在众目睽睽下一溜烟跑了。

老人一动不动仰天躺着,因头部受到重创已经昏迷。救人要紧,赶来的交通警察马上叫来救护车把老人送到医院。

医院说要救老人性命必须马上进行手术,希望交通警察尽快找到伤者的亲属。警察翻遍老人衣服口袋,仅找到一部老旧的手机,又翻看衣领衣袖,再没有发现一点老人的身份信息。警察查看老人手机中的通话记录,发现老人与人电话交流不多,通话记录中只有四个不同的电话号码,其中一个是座机号码。

警察首先拨通了座机号码,刚说了一句"喂,您好!"就听一个老年女人用有些沙哑的声音说,你找谁?警察心想,她说不定就是老人的老伴,于是说,我就找您。对方说,你是谁?警察说,我是警察。对方说,你蒙我?我不认识你!警察说,电话是用一个老人的手机给您打的,如果您是他老伴,请您马上……警察还没讲完,对方就挂断电话了。警察又拨,已无人接听。

警察摇摇头,又拨通一个号,这是一个手机号码。警察说,您好!我是警察,我想向您了解一个情况。听声音,接电话的是一中年男人。他很警惕地说,警察?真警察还是假警察?警察说,

请您相信,我是真正的人民警察!中年男人说,真警察我当然相信。请问,找我什么事?警察说,我用的是一个老人的手机,他刚刚在凤凰路口被汽车撞了,正在医院抢救,您如果是他的家人就请尽快到三医院来,您如果是他的亲朋好友……警察还没说完,中年男人就说,我爸的手机前两天被人偷了,你小偷吧?又来诈我?随即挂了机。警察重拨,再无人接听。

警察又耐心地拨通了第三个号码,这仍然是一个手机号码。这次接电话的是个年轻女人,声音很悦耳。她很礼貌地抢先说,喂,您好!警察立刻回话说,您好!女人问,您是谁?警察说,我是警察。女人伶牙俐齿,反应灵敏,说,警察?警察找我干吗?警察说,您别急,您听我说,刚刚,有一个老人被汽车撞了,不知是不是您家的老人?他现在正在医院里抢救,需要动手术……女人心想我是有个公公老爸,但我出门上班时,公公老爸正靠在沙发上看电视哩!就不高兴地说,你毛病!想骗我!随即按下红色键。警察再拨,女人已把手机关了。

警察叹口气,又无奈地拨通了第四个电话。这当然也是一个手机号码。接电话的是一青年男子。警察说,您好!男子看了看手机屏幕,说,这是我爸的手机号码,你是谁?警察说,我是警察。男子说,我爸的手机怎么在你手里?警察说,这正是我要告诉你的。大约40分钟前,你爸上街,在凤凰路口给汽车撞了,伤势严重必须手术,现在就等家属到医院签字。男子不紧不慢地说,我现在在上海出差,一时半会儿赶不回来。不过,事情是真是假,我怎能分清?如果是我爸的手机弄丢了又被人捡了呢?警察说,您给您的家人打个电话,要他们去医院看看,是真是假不就明白了!男人说,哦,我想想。

男子第一个电话是打给母亲的,但电话无人接听。

第二个电话是打给妻子的,但手机处于关机状态。

第三个电话是打给哥哥的。哥哥说,老妈刚告诉我:老爸今天去了派出所领手机。

哥哥和母亲赶到医院,都"哇"的一声哭了。

你与谁聊天

老头子走了。女儿也走了。

天国没有回程的路,老头子永远回不来了。女儿在南方的台资企业打工,一年才能回来一次。

女儿回南方前对老妈说,老爸的手机您用着吧。又说,有事打我的电话,我也会常打电话给您。

老妈本地再无亲人,加上腿脚不太灵便,每天除了到附近菜市场买菜,自个儿做饭自个儿吃外,就是靠在沙发上,盯着茶几上的手机发呆。她期待和南方的女儿说说话,但手机沉默着一声不响。

这天,老妈毅然拿起手机,拨了女儿的号码,但传来的是另一个女人的声音:您拨的号码已关机。

老妈又连续拨了几次,还是关机。她生气地把手机扔在沙发上。

傍晚时分,老妈的手机突然响起来,接着传来女儿焦急的声音:老妈,您打我5个电话,家里有急事?您还好吗?

家里没事,我也没事,就是想和你说说话儿。老妈说,你怎么

把手机关了呢？

我在流水线上干活，一刻也不能停手。女儿说，而且，上班时间接打电话要罚钱的。

老妈说，你这么晚了才下班？

嗯，天天加班。女儿打了个哈欠，说，下了班就想睡。

老妈泪眼蒙眬，说，下班了抓紧时间休息，不给我打电话不要紧，打长途挺费钱的！

女儿想，老妈真可怜，今后再忙再累也不能忘了给她打打电话。

一天，女儿轮休。她上街买日用品时给老妈打了个电话，语音提示却说：您拨打的用户正在通话中。女儿想，好事呀，老妈终于和别人有往来、有联系了。

女儿买完东西后，又给老妈打电话，语音提示还是说：您拨打的用户正在通话中。女儿想，这电话打得够久的了，老妈在和谁通话呢？

女儿不记得重拨了几次，老妈的手机终于接通了。女儿问，老妈，和谁打电话呀？打了这么长时间！

老妈说，一个熟人。

女儿说，聊些什么呢？

老妈顿了一下，说，没聊什么，就是天南地北聊天呗！

女儿和老妈聊了20多分钟，挂了电话后，还沉思了一会儿。

又一天，女儿上班时，流水线突然出故障停机了。趁流水线抢修间隙，工人们都走到车间外透气。女儿忙开了手机给老妈打电话，奇怪的是，语音提示又说：您拨打的用户正在通话中。女儿隔一会儿重拨一次，直到流水线修好了，老妈的手机也没能接通。

晚上，女儿又给老妈打电话。电话通了，母亲却说，有事吗？

没事别打电话,费钱哩!

女儿说,老妈您开电话会议呀,和谁聊天呢?

老妈说,也是熟人。

女儿说,聊些什么呢?

老妈说,没聊什么,就是天南地北聊天呗!

女儿想,老妈是不是有了相好的?女儿说,和你聊天的是个老头儿吧?

老妈不语,只嘿嘿一笑。

女儿暗思忖:老妈还不到花甲年纪,有个老来伴也是一桩美事啊!

女儿请了几天假,决定回家一探究竟。女儿刚进家门,老妈的手机就响了起来。

老妈把手机举到耳边,问,你好!你是谁?你找谁。

老妈说,哦,你要我猜你是谁?哦,我猜不出。

老妈说,你要我仔细听你的声音我也听不出你是谁?

老妈说,哦,你是湖北的,我猜出来了。你姓董吧?

老妈说,怎么样,我猜对了吧?我还知道你是我老头子的亲侄子呢!

老妈说,哎呀!伯伯得癌症住了医院?借两万块钱,没问题。

老妈说,别急!叔叔到上海出差,等几天才能回来,到时会把钱送到医院去。

老妈说,啊,不要叔叔送?好哩,他回来后,就把钱给打过去……

女儿再也听不下去,大声说,老妈,这是……

女儿还没把"骗子"二字喊出口,老妈就急忙把通话结束键按了。

老妈说，我早知道他们是骗子。当年你老爸就上过当。

女儿说，知道是骗子干吗还聊得这么起劲？

老妈说，一个个骗子打电话给我，我就当是聊天呗！

老妈又说，只要不把话说死，不揭穿他们的鬼把戏，他们就会天天打电话来。

女儿眼里顿时汪满了泪水。

承　诺

米副县长轻轻地吁了口气，心里说，真快，一晃八年了！

桑塔纳小车进入樱桃村的乡级公路不久，米副县长的目光在不远不近处的一间小茅草屋上停住了。米副县长知道，田地里的这种茅草屋不住人，而是用来暂时存放农具和杂物的。只片刻工夫，小茅草屋就被汽车甩在后面看不见了。但此时，米副县长脑海里又浮现出了另一间小茅草屋，和住在茅草屋里的一位面目清瘦的老婆婆。

八年前的春节前夕，还是秘书科科长的小米跟随领导到樱桃村走访、慰问贫困户，正要去最后一家贫困户时，天公不作美，淅淅沥沥下起了小雨。小米隔老远就看见这个贫困户在小山脚下的茅草屋。那里相对偏僻，而且坡陡路窄。村主任说这屋里就住了一个孤老婆婆，腿有点残疾。领导见汽车进不去，便对小米说，我们就不去了。小米觉得自己应该在领导面前好好表现一下，从车上取出一床棉被和两斤肉、一条鱼后，就说，我腿脚快，我一人去送吧。领导真的高兴了,说,好,好！快去快回！

来到小茅草屋前,小米有些吃惊:这里哪能住人啊！茅草屋的四壁是用黄土夯筑的,有几处地方黄土剥落很严重,随时有可能垮塌的样子。一个木制小窗上蒙着的塑料薄膜破了几个大洞,风将破洞处的塑料残片吹得扇过来扇过去,屋檐上垂下来的缕缕半腐的茅草也应和着飘来荡去。屋侧有两畦用竹竿木棍圈住的菜地,一只母鸡寂寥地在草丛边找食。

小米一边叫着"奶奶",一边用肘推开虚掩的门,看见老婆婆正扶着拐杖从床边站起来。小米赶紧说,奶奶,您别起身,我放下东西就走的！

老婆婆虽瘦弱,但还算精神,花白的头发是梳理过的,衣着粗陋也还整洁。老婆婆盯着小米手上的东西,一脸茫然地嗫嚅说,这,这是……

小米把慰问品放在小桌上,说,奶奶,我们是县里来的,专门来看望您的！

老婆婆已移过来两步,笑呵呵地说,坐,坐！我给你倒茶！

小米连忙扶老婆婆坐下,说,奶奶,我就走,外面有人等我哩。

小米随即把小桌上的棉被放在老婆婆床上,说,奶奶,睡觉冷就把棉被加上。

小米又说,快过年了,桌上的肉和鱼要吃啊。

老婆婆此时关心的不是慰问品。她的脸色陡地阴了,说,就走？跟我说说话儿呀！

小米只得坐在床边的椅子上,无话找话说,奶奶,您还有亲人吗？

老婆婆沉默了片刻,好像平静一下情绪,也好像回忆着什么,然后说,有,有！我的老头子呀,他可是个好劳力,种八亩田,不要旁人插手;我的儿子能干哩,在广东打工,月月有钱寄回来;我的儿媳妇像花儿朵儿一样;还有我那孙子,人见人爱哩……

此时,小米的手机响了,是领导打来的。小米说,奶奶,我要回县城了。

老婆婆一把抓住小米的手说,别急！我还没说完呢！

小米说,奶奶,我真的想把您的话听完,但领导在催我。

老婆婆仍不松手,近乎哀求地说,再听我说说吧,我,我有半年没跟人说话了……

小米说,奶奶,我下次来看您好不好?

老婆婆松了手,跟着用手背擦了擦湿润的眼角,说,好！记得要来啊。

小米觉得这个孤独的老婆婆太可怜了。望着老婆婆恋恋不舍的样子,小米突然想为她做点什么。打扫卫生吧,来不及了;挑担水吧,也没时间了。怎么办？小米猛然记起口袋里还有50元钱,是他吃早点后剩下的。他立马把钱塞到老婆婆手里,说,奶奶,我走了。我还会来看您的！

……

桑塔纳小车从乡级公路拐上砂石路,七弯八拐,下坡上坡,颠簸了近一个小时,才在一栋农舍的禾场边上停下来。

司机下了车就问,县长,要找村主任吗?

米副县长说,不用。

米副县长记得这地方。八年前老领导的车也在这里停过。当年的他就是从这里提着慰问品,一路小跑到小山脚下慰问那个老婆婆的。

当米副县长向小山脚下眺望时,他惊住了。小茅草屋不见了！再看,还是没有那间小茅草屋！

这时,农舍里走出一中年女子朝这边张望,米副县长快步走过去打听。

中年女子说,茅草屋早就拆掉了。

人呢?米副县长急切地问,那老婆婆呢?

不在了。中年女子说,死了,快两年了。

米副县长默默地拉开车门坐进车里,心里十分懊悔:哎,我来迟了!

米副县长又记起那天告别老婆婆回到山下时听村主任说的话。老婆婆本有个幸福的家。老头儿在家种田,儿子在外打工,儿媳妇替公公打打帮手,侍弄侍弄菜地,老婆婆一门心思带好孙子,其乐融融啊!可天有不测之风云。那年,打工的儿子患了肝癌,不仅用光了家里的积蓄,还欠下大笔债务,人却没留住。儿媳妇见生活无望,悄悄带着孩子不知去向。老两口卖掉房子还债,住进了茅草屋。没过两年,老头儿也积劳成疾,撒手走了。祸不单行,不久,老婆婆又重重跌了一跤……

米副县长不停地在心里责备自己,我为什么没早点来呢?

县里每年都有慰问活动,主要领导都会深入乡村看望、慰问贫困户,但好几次安排,还是小米的他跟的领导都不去樱桃村,而是去了别的乡村,使他失去了再去看望老婆婆的机会。每逢撰写有关扶贫方面的材料,或是参加扶贫工作会议,他的眼前都会时不时浮现出老婆婆孤寂的身影。他没想到自己的一个不经意的承诺,竟会如影随形般揪痛他的心。他也曾有专程去一趟樱桃村的想法,但因忙不完的公事、家事,一直没找到机会。

去年,小米成了米副县长,他终于可以自己安排,抽出双休日时间来看望老婆婆了。

米副县长心情十分沉重。他跟司机说,去买点纸钱、香烛和鞭炮。

司机开车找商店去了。米副县长又向女人打听老奶奶葬在何处。女人很随和,说,我带你们去,坟没立碑,你们找不到的。

没有乡干部村干部陪同,女人当然不知道这坐小车来的是何人,便问,你们是亲戚?

米副县长说,对,亲戚。

女人表情有些不满地说,是亲戚怎么没来看过她?她过世几天了才被放牛人发现!

米副县长情不自禁地"哦"了一声。

女人又说,还有奇事呢,有人发现她手里紧紧攥着50元钱,怎么也取不下来……

理　由

我打电话给霍丕权,问他在哪里。他说,我在金鸡湾呀!我说,你的工作还没有落实吗?他"嗯"了一声。

于是,我心生奇怪了。

霍丕权是我仨月前认识的一名农村业余作者。一个周六的上午,本市《红杜鹃》杂志宁主编约我坐供电公司霍主任的车去乡下看一个人。

霍主任的车是一台老旧桑塔纳,座上的绒布已被众多屁股和后背磨蹭得褪了色,有些惨不忍睹。霍主任说,这车是借的,我有宝马,今天没开。

车很快出了城,我问宁主编,是不是又发现一个有后劲的作者?

宁主编突然笑起来,说,是霍主任看了新一期《红杜鹃》杂志,发现一篇散文的作者名字很熟,看了简介确认是他同村同姓的同龄人,就打电话给我,说霍丕权是他儿时的邻居和朋友。

霍主任说,当年我参军,他没去。后来我进了城,他还在农村。我每次回乡看母亲,便想起霍丕权,总想和他聊聊,他却躲着我,就是迎面碰上,他也不理睬我。听我母亲讲,霍丕权爱好文学,一心埋头写作,仅靠种几亩薄田,日子过得紧紧巴巴的,现在还是孤身一人。

宁主编说,霍主任这次去见霍丕权,就是想帮帮他。

霍丕权的家是一栋低矮的木屋,木柱木板都已发黑,房里也没有一件像样的家具,最值钱的是紧挨着床头的木桌上的手提电脑。

霍丕权四十多岁,衣着整洁,皮鞋光亮。与同龄的霍主任相比,除了个头稍矮面容稍黑,看不出年龄上有多大差别。

霍丕权话语不多,表情拘谨。当我们提出就坐在门外时,他立即拿来一条芙蓉王烟分发,以示主人的好客与大方。

霍主任可能是对霍丕权以往的冷漠态度有所顾忌,只是主动迎上去握握手问了声好,就在一旁坐下了。

宁主编开门见山询问霍丕权的创作情况,霍丕权没有吭声,而是连忙从房内拿出几本获奖证书给宁主编。宁主编看后又递给我,我一看,都是霍丕权在珠海、东莞等地打工时,在当地某些部门与企业联手举办的带商业性质的小说、诗歌、散文征文中获的奖。

宁主编问霍丕权写作和生活是如何安排的。霍丕权说前几天才从广西北海回来,打工赚了几千块钱,可以在家里待上半年写东西了。钱用完了,再出去。

宁主编又问他有没有新的打算和想法。霍丕权却说,我是北海市作协会员,可不可以把关系转到本地作协来。

宁主编点了点头,又皱皱眉头,似乎对霍丕权的答非所问不甚满意,于是又引导似的问霍丕权还有什么愿望,比如,就近找份稳定的工作,衣食无忧了,写作时间会更多;比如,生活条件改善了,再找女人成个家……

将近一个小时的谈话,霍丕权都很少开口,只是偶尔点点头。

午餐是霍主任做东,在他母亲家吃的。

饭后,宁主编握住霍丕权的手说,我们此行,就是霍主任特意安排的,他一直没有忘记你,他是真心要帮助你!宁主编又指指我说,你说你久闻其名的这位白作家,他也是个热心人。宁主编最后说,有新作,投给《红杜鹃》杂志吧。

返程中,我们三人又进行了明确的分工:霍主任的好友是本地有名的房地产开发商,可以给霍丕权谋个收入高些的工作。宁主编有园地,尽可能多地刊登霍丕权的作品。我对报刊的信息了解比较及时,可为霍丕权指点迷津。

从金鸡湾回来后,我隔三岔五给霍丕权打电话,和他聊文学聊人生,我的电子信箱里也就常有他的各种体裁的作品蹦出来。他的作品我都看三遍才发表意见。一天,我收到他近两万字的中篇小说《遥遥相对》,这部写打工青年男女至死不渝爱情的小说文笔流畅,情节曲折,细节感人,令我惊喜。我要他寄给宁主编后,宁主编打电话给我,说这个中篇可以用,只是《红杜鹃》容量小,要他把篇幅压缩一点,却迟迟没有回音。我打电话问霍丕权咋回事。他说四年前以《遥遥相对》参加珠海打工文学作品征文获得二等奖,后因其非当地户口被取消资格,他一直耿耿于怀。言下之意就是不忍心在心爱的"儿子"身上动刀割肉。

我本想告诉霍丕权:《红杜鹃》杂志来稿堆积如山,并不是没有好稿子。但说了又有什么用呢?

和霍丕权通完电话,我突然想到:时间快过去半年了,按照霍丕权先前说的,他又必须外出打工了。我马上拨通霍主任的电话。

霍主任说,朋友的新楼盘还在征地拆迁阶段,还得等一等。正好我们供电公司有个勤杂工退休了,我想让霍丕权来接替。

霍主任又说,虽是勤杂工,无非是清扫院内过道、停车坪和拖运职工宿舍区的垃圾而已,工作量不是太大,工资、劳保待遇也不差,还可安排住处,比风里雨里的建筑工地强多了。想写作,晚上有的是时间。我几次打电话给霍丕权,他一直没有来。

为什么呢?我问。其实我已隐隐猜到霍丕权拒绝的理由。

霍主任叹了一声,说,都怪我,我只想到开那辆,那辆桑塔纳……

老 兵

2007年,我应老同学许一凡的邀请到云南腾冲和顺侨乡他家住了几天。

我问许一凡,怎不见你儿子、媳妇和孙子?

许一凡说,大儿媳带着孙子回娘家了。大儿子许可陪着小儿

子许诺去中缅边境的高黎贡山看望一位老人去了。

我问,谁家的老人?

许一凡说,有个故事哩。

两年前,许一凡在腾冲城里工作的小儿子许诺和同事结伴去高黎贡山搞徒步穿越,下山途中走岔了路,水也喝光了。后来看见山旮旯里有一户人家,便去讨水喝。这户人家只有叔侄俩,侄子是年已花甲的守林人。他耄耋之年的叔父瘦骨嶙峋的,佝偻着腰坐在竹椅上,嘴里不停地啊啊啊、哇哇哇。

许诺好奇地问守林人,你叔叔嚷什么呀?

守林人说,我叔跟你们打招呼,还说些心里话呢!

许诺说,可我们听不懂他说的是什么!

守林人说,我叔嗓子哑了。不过,我叔说的我全都明白……

突然,老叔父大声啊啊哇哇地打断侄子的话,先用右手拍着自己的左胸,后用双手的食指和拇指做成一个圆圈贴在左胸上,又起劲地啊啊啊哇哇哇嚷起来。

许诺说,你叔父说的、比画的我们都不懂!

守林人转身从屋内拿出半张报纸抖了抖,又指着老叔父说,他得了单思病,就是看了报纸才有这个病的!

这是腾冲的一张报纸。2005年抗日战争胜利60周年时,该报有一篇中国驻缅甸大使馆领事奉命到缅北密支那看望李锡全等3名中国远征军老兵,并为他们颁发抗日纪念章的新闻。

许诺从电视上和报纸上看到过相关报道,立即明白老人的心思了。他对守林人说,你叔父是中国远征军老兵吧?他想得到一枚纪念章?

守林人连连点头,说,叔父1942年赴缅甸和日寇打仗,颈部中枪了也不下火线。后来在缅北大溃退中,他穿越无人区和原始丛林，真是九死一生。回国后，几经辗转才找到我……

许诺说，你跟你叔父说呀，这回纪念章只有100枚，抗战老兵众多，获得纪念章的中国远征军老兵只能是部分代表。

守林人说，我懂，我说了。他固执得很，茶饭不思，日思夜想啊！

回到单位后，许诺念念不忘守林人叔父对纪念章那迷恋、渴望的神情。他和同事合计后决定：仿制一枚纪念章，满足这个垂暮老人的心愿。

他们找来刊登有抗日纪念章图片的报纸，仔细观看：金属质地的纪念章上面有象征人民大团结的5颗五角星，象征人类和平的鸽子和橄榄枝，象征革命圣地的延安宝塔，以及军民合力抗战的场面，金光闪闪，十分精美。

如此精致漂亮的纪念章他们是学不来也做不出的。最后，他们找来一块硬纸板，切割打磨成圆形，细心涂上黄色底漆，等底漆干后，又用红色油漆精心描上"抗日老兵，民族英雄"8个楷体字。几天后，油漆干透了，一枚比原件大许多的纪念章就做好了。

许诺和同事又一次走进高黎贡山。

守林人的叔父仍旧佝偻着腰坐在竹椅上。许诺和同事围住老人，把纪念章和崭新的形似军装的蓝色外套亮了出来，齐声说，我们给您送纪念章和军装来了！

老人瞪大眼睛瞅了瞅，倏地站起身来，啊啊啊哇哇哇叫着，脸上满是兴奋。

许诺和同事为老人穿上蓝色外套，又别上了纪念章。

老人立马挺直腰板，举起右手，食指尖贴着眉际处，行了个标准的军礼。

老人用手轻抚着纪念章，嘴里啊啊啊哇哇哇着，突然咧开嘴笑了,干涸的眼眶湿润了。老人又一次抬头挺胸,举起右手,行起了军礼。他目光炯炯,纹丝不动,如同一座雕像。

许诺和同事再次去高黎贡山,进行另一线路的徒步穿越是在一年以后了。

那天,许诺一行意外地在山下遇到了守林人。

许诺问守林人说,你叔父还好吗?守林人说,叔父九十了,精神不如以前了。

许诺说,纪念章还在吧?

守林人说,在!叔父把纪念章看得比性命还珍贵,生怕弄坏了。

许诺说,如果是真的、金属的就更好了。

守林人说,有一天我叔发现纪念章脱了一点儿漆,他自己小心翼翼将它改别在了内衣上。有人来了就解开外套给人看他的纪念章。

许诺说,好,你叔父高兴就好!

守林人说,他脾气倔强,那件外套穿上身就没有脱下过,脏兮兮像块抹布也不肯洗一洗,怎么劝他也没有用!

许诺笑了,说,也许人老了都会这样吧。

守林人临走还打听蓝色外套哪里有买。

许可、许诺兄弟俩第三天才从高黎贡回来。他们专程给守林人的叔父送去的崭新的形似军装的蓝色外套,竟意外地伴随无疾而终的老兵埋在了地下。

(据报道:2015年9月2日,在中国人民抗日战争胜利70周年前夕,包括中国远征军老兵,全国又有约21万名抗战老兵或其遗属荣获了纪念章)

戒赌一种

这天傍晚,祥文对正要出门打麻将的茜茜说,我们还是请个小保姆吧。茜茜说,不行!家里住个外人,你放心,我还不放心呢!祥文说,你不放心什么?茜茜心想,世上哪有不花心的男人。嘴上却说,小保姆趁主人不在家,把值钱的东西卷走的事你听得还少吗?

祥文是个中学教师,茜茜自己开了一家服装店,两口子小日子过得很滋润。可是自从茜茜迷恋上了打麻将后,她每天晚饭后便出门,把家务活和三岁的女儿都留给祥文,不到深更半夜不回家。祥文除了洗衣做饭照看女儿,还要备课和批改作业,很累很烦。

见茜茜反对请保姆,祥文不快地说,我看你是不放心我。你不放心我什么呀?我要那个就非得和保姆?

听祥文这么一说,茜茜就想起了一个女人——俞萍。俞萍和祥文同在一所学校工作,是祥文的初恋。茜茜当然也认识俞萍——那还真是个清清秀秀的美人儿,只是30岁了还是单身。

茜茜揶揄说,是不是又想起俞萍了?祥文意味深长地笑笑说,对。茜茜说,你敢吗?

说来也巧,茜茜正要下楼时,却看见俞萍娉娉婷婷走上楼来。

茜茜突然警觉起来,忙招呼说,是俞老师呀,这是去哪呢?俞萍浅浅一笑说,八楼。茜茜心想,俞萍说不定真是祥文约来的,见

了我,假装去八楼,等我一走又找祥文来了。茜茜想转身回家,随即又否定了自己的想法。祥文有贼心还没有贼胆呢!他刚才说的不过是气话而已,真要做那种事,谁还赤裸裸挂在嘴上?茜茜犹豫了片刻,最后还是决定去打麻将。

茜茜这晚的手气很臭,不到三个小时便把身上的钱都输光了。输光了钱的茜茜只得提早回家。一路上,茜茜的心还留在牌桌上,觉得今天输得惨是有人出牌摸牌时玩了鬼。于是,她边走边不停地回忆那三个牌友摸牌出牌的种种细节,不知不觉间就来到了家门口。

茜茜正要掏钥匙,忽然从房内隐隐约约传出说笑声。她耳朵里"嗡"地一响,难道真的是俞萍来了!随即把耳朵贴在房门上,一听,果真有女人吃吃的笑声。茜茜气不打一处来,抬起右脚向房门踢去。但那只脚在半途中却猛然停住了。茜茜想,捉奸拿双,要是祥文抵赖咋办?得找个证人来。茜茜悄悄下了楼,她要把祥文的表姐找来。

祥文的表姐就住在附近的一幢平房里。茜茜对表姐说,我们家出大事啦,快跟我来!

茜茜匆匆爬上四楼立即使劲敲门。

祥文拉开门说,怎么这么早就回来了?呵,表姐也来啦!

茜茜进门就往卧室里跑。卧室里的小床上,女儿睡得正香。大床上,被子、枕头叠放整齐。茜茜又把客厅、书房、卫生间、阳台看了个遍,然后在沙发上坐下说,来过人吗?

祥文对茜茜的举动很是纳闷,反问说,谁要来?茜茜说,真的没人来过?祥文说,没人来!到底出了什么事?

明明……茜茜欲言又止。

站在一旁的表姐问茜茜,你到底看到谁了?祥文没好气地说,输光了钱,输红了眼,看见鬼哒!

茜茜正不知如何是好,突然灵机一动说,今晚我是输光了。我要小王帮我来取钱,迟迟不见回来,我就只好自己回来了……祥文说,别闹了!我学生作业还没批改完呢!拿了钱走吧!茜茜已经没了打麻将的兴趣,说,不去了。

表姐见茜茜疑神疑鬼的,根本没什么大事,就说要走。茜茜出门送表姐,刚要下楼,猛然听见楼下传来"咣当"的关门声,往下一瞅,一男一女勾肩搭背着下楼去了。茜茜小声对表姐说,三楼的这女人有老公的,在广东打工哩……

表姐说,如今这种事多哩,不稀奇!不过,祥文不大可能做这种事吧。茜茜说,我回来取钱时,明明听见家里有女人的笑声呀!是不是我去找您时,俞萍溜走了呢?可是,我一没敲门二没喊话,祥文又咋会知道我回来了呢?

表姐听了心里明白了半截,肯定是茜茜少上了一层楼。但她却对茜茜说,你要怕家里出事就少打点麻将呀!

这之后,茜茜又有好几回在上楼或下楼时遇到俞萍,这更加引起了她的警惕。

一转眼,茜茜已有半年没有夜出打麻将了。

一天,祥文问茜茜,你真的戒赌了?

茜茜答非所问说,俞萍怎么老到这幢楼来?

祥文嬉笑着说,她来找我呀!

茜茜一听来了气,说,你敢!

祥文一看茜茜真生气了,赶紧解释说,她姨妈住在八楼,身体不大好。

但茜茜心中的疑团还是没能解开……

乞丐一种

这天,富丽堂皇的天华宾馆门外出现了一个男乞丐。这乞丐蓬头垢面,穿一件脏污的没有了纽扣的旧棉袄,拦腰系了根稻草绳,脚穿一双露出脚趾的解放鞋。在宾馆外面巡视的保安早盯上了乞丐,可是乞丐却不把保安放在眼里,径直朝宾馆那扇感应自动玻璃大门走去。

保安连忙伸手拦住乞丐,厉声吼道:去去去,走远点!哪知这乞丐并不惊慌,晃动着身子躲开保安的阻拦,往大门里闯。保安毫不客气地推了乞丐一掌,大声说,滚开,快滚开!

乞丐并不示弱,眼睛一瞪说,我要找你们总经理!保安鄙视地一笑,说,你找总经理?你是她什么人?乞丐昂着头,说,她是我朋友!保安一愣,觉得这个乞丐玩笑开得太大了,没好气地说,别胡说!快滚!不然我把你抓起来!乞丐不慌不忙从怀里掏出一张照片说,不信?你看。保安仔细一看,照片上比肩的一对男女,女的真是总经理刘心茹,男的的相貌和这个乞丐也很相像。保安拿不定主意了,便叫来大堂值班经理。大堂值班经理出来一看照片,也愣了,觉得这乞丐真的和总经理有些瓜葛,只是如今成了落魄之人而已。大堂经理见过世面,灵机一动撒谎说,总经理不在。乞丐轻声一笑,指指停车坪说,你骗我,她在这儿,她的奔驰车停在那儿。大堂值班经理见乞丐观察细致,就说,你见不到她的。乞丐说,为什么?大堂值班经理指指玻璃门上的字说,衣冠不整者,严禁入内。

乞丐不高兴了,大着嗓门说,什么臭规矩!你们不就是要钱吗?我有。乞丐说着把手伸进旧棉袄里,掏出两张崭新的百元大钞来,在大堂经理眼前晃了晃,说,我有钱,我兜里还有钱!

一个要进一个不让进,正当保安和乞丐拉拉扯扯不可开交时,值班经理闻声走了出来,阴着脸大声对保安说,还不快点把这叫花子赶走!

乞丐又从棉袄里掏出几张百元大钞,说,你们开店赚钱,我来花钱消费,干吗赶我走?

值班经理一声冷笑说,一个穷叫花子说话还一套一套的,真有趣!值班经理说罢,给保安使了个眼色,狡黠地笑笑说,放他进去吧⋯⋯

乞丐走进大厅后,很得意地朝沙发上一个个俊男靓女看了看,对总服务台的小姐说,给我开房。

小姐瞪了瞪这位衣冠不整的不速之客,又朝大门口望了望,皱了皱眉头说,你怎么进来的?你开什么房?

乞丐又从怀里掏出厚厚一扎崭新的百元钞票拍在柜台上,炫耀地说,开个豪华双人间!

正当乞丐清点钞票准备付款时,四名保安忽然奔过来,把乞丐死死地按住了。值班经理顺势夺过乞丐手中的钱,厉声问道,你哪来这么多钱?快说,是捡的还是偷的?

乞丐一边挣扎一边分辩说,什么捡的偷的?这钱都是我自己挣来的!

值班经理说,笑话!你能乞讨到这么多钱?再说你有这么多钱了,干吗还穿得这般模样?

乞丐笑了笑说,这是我的自由,你们管不着。

值班经理吩咐保安说,他这钱肯定来路不正,快把他扭送派出所!

这时,围观的人中有个西装革履的人把值班经理拉到一旁,掏出名片笑着说,我是鸿运房地产开发公司的副经理阿田。你们误会了,真的误会了!快叫保安放了他,他是我们公司的何老板……

值班经理听了阿田的解释后,生气地说,你们开什么国际玩笑!疯了?

阿田不再理会值班经理,一手搂住何老板肩膀,嬉笑着说,老板!怎么样?你输了!

何老板一边脱掉脏污的棉袄,一边也怪笑着说,你,你找那老乞丐要钱去……

一旁的值班经理听得一头雾水。

真的很感谢

丁冬回到家里时天已经黑了。父亲、母亲和妹妹的脸上都爆着焦急。

父亲欲言又止。妹妹盯着不再冒热气儿的一桌子饭菜发愣。母亲说,做一瓶酒都不要这么久,你跑哪去了?

丁冬从国外学成归来才三天。

今天是妹妹生日。丁冬说要庆祝庆祝。父亲滴酒不沾,家里没酒。丁冬说,我去买瓶红酒,都喝点。

母亲见儿子两手空空,说,酒呢?

丁冬说,没买。

母亲说,没买,早点回家呀!手机不带,找都找不到你,就怕你出事!

丁冬说,我出什么事?是,是别人出了事!

父亲、母亲、妹妹的目光齐齐射向丁冬。母亲说,谁出了事?别人出事和你有关?

丁冬说,一个老头被车撞了,骑车人却跑了。我把他送了医院。

父亲不再沉默,说,老头伤得重不?

丁冬说,腿折了,额头也出血。

父亲说,找麻烦!

妹妹站起身,说,老头的亲属去了没?

丁冬说,没。正在路上。挂号费检查费我交的。

妹妹说,找倒霉!

母亲的泪在眶里打转,说,回来没人拦你?

丁冬说,老头头脑清醒,还握着我的手,说真的很感谢!

母亲说,问没问你的情况?

丁冬说,医生记的,姓名、住址、手机号码我都说了。

母亲的泪流下来,说,儿子,你真糊涂!

丁冬不解,说,我怎么糊涂了?

父亲说——

妹妹说——

母亲说——

丁冬慌了,说,知恩图报都来不及,会嫁祸于我?

父亲说,证人呢?

妹妹说,证人在哪?

母亲说,找不到证人,等着挨宰吧!

忽地,丁冬手机响了。父亲、母亲、妹妹都张耳屏息。

丁冬吁口气说,打错了。

父亲、母亲、妹妹说,真吓人!

电视开着,但没人正经看。忽然门铃响了。父亲、母亲、丁冬弹簧般立起身。

妹妹开门又闭门,说,找四楼的按三楼的铃。

父亲、母亲、丁冬齐声说,吓死人!

妹妹不时冒出句傻话,是祸躲不过!

丁冬一句话说了无数回,都怪我!

父亲、母亲夜不能寐。父亲说,给儿子买房的钱说没就没了。母亲连声叹,我的女儿的金银首饰全搭进去也不够!

时间像乌龟走路。等着挨宰的日子难熬。

一日,丁冬接了个电话后,竟哈哈乐了。

丁冬对父亲、母亲、妹妹说,老头伤情稳定明天出院。她女儿说改天登门致谢。

父亲说,真的?

丁冬说,一点不假!

母亲说,谢天谢地啊!

妹妹说,我们遇到了好人!

当晚,丁冬和父亲、母亲、妹妹匆匆来到医院。

老头和她女儿见了大包小包价值不菲的营养品外加一个红包,满脸问号说,这,这是为何?

丁冬和妹妹向老头及其女儿深深鞠了一躬,说,感谢,真的很感谢!

老头说,弄反了,弄反了！这……

老头的女儿接过话头说,感谢二字应该由我爸和我说！

丁冬和父亲、母亲、妹妹齐声说,不！我们应该感谢你们的大恩大德！

老头和他女儿一下子蒙了,半天没回过神来。

他怎么不出事

伍畏无时无刻不在盯着姚旺是从他被调出 A 局和姚旺被调进 A 局开始的。

傻子都知道:A 局是个油水多多的地方。当年被调进 A 局时,伍畏真是高兴得"麻子脸"都笑平。可是不到三年,伍畏就被纪委找去谈话,不久,伍畏就被调到了 B 局,成了没事干的调研员。闲得慌的伍畏就常常回忆在 A 局有吃有喝还有拿的潇洒日子,并无来由地嫉恨起在一条街道相邻单位上班的姚旺来。伍畏在路上遇到姚旺会皮笑肉不笑地问一声,姚局你好！心里却说,你好个屁！我就不相信你是神仙下凡,我就不相信你的屁股就那么干净！我就不相信你姚旺能在 A 局待得长！

一天,伍畏遇到甲公司的徐总,便笑嘻嘻迎上去说,徐总您忙啥呢？徐总说,卫生许可证要过期了,到 A 局申报新的。

徐总与伍畏很熟。徐总刚创办甲公司时,亲自到 A 局办理卫生许可证,工作人员翻看了资料后说要派人去公司看看。马副局长带人走马观花溜了一圈,丢下三个字:要整改！徐总办事谨

慎,对公司食品生产场所、设备布局、生产工艺流程、卫生设施等是信心满满的,没想到还是卡了壳。后来徐总找到局长伍畏,送了一个红包,就把证办妥了。去办理营业执照时,徐总又遇到麻烦,又是伍畏把老同学E局局长约出来呷了一顿,给同学送了几条好烟把事给摆平了。徐总很是感激。

伍畏拍拍徐总的肩,向A局方向努努嘴,说,办妥了吧？

徐总有些不快,说,没呢。说明天派人到公司看看。换个证也要看！麻烦！

伍畏心想,靠山吃山,靠水吃水。如今一些办事套路患脑膜炎的都懂,姚旺也不是不吃肉的真和尚。便握握徐总的手,意味深长地说,这是办事程序,免不了的。嘿嘿,你懂的！

牢骚满腹的徐总刚转背,伍畏就眯眼笑了。

又一天,伍畏上街买烟时,看见乙公司的章总行色匆匆,便伸手一拦说,章总好！

章总说,好个屁！又栽了！

章总与伍畏也是老熟人了。那一年A局开展食品安全大检查,查出乙公司的橘子罐头中总细菌数超标,按规定除停产整改外,带队的马副局长还对章总说,罚款2万元！章总慌了,连忙求情说,我们小公司效益低,能不能少罚点？马副局长说,不能少！后来章总找到伍畏,伍畏说,按照情节轻重,罚款2千至2万。章总说,能不能罚少点？伍畏盯着章总神神秘秘笑了笑说,你想罚2千还是想罚2万呢？精明的章总连连说,当然是2千！后来,伍畏家里就多了两瓶茅台酒和两条极品芙蓉王烟。

伍畏心想,见钱不抓,不是行家。现在雁过拔毛的事植物人都会做。你姚旺就是三个月大的婴儿,也知道把奶头往嘴里塞哩。伍畏问章总,罚多少？章总说,太黑了！说是累犯加重处罚,要罚3万！我这就去找姚局长！伍畏宽慰章总说,大不了最多罚3千吧,嘿嘿,你知道的!

望着气急败坏的章总,伍畏不由得心里一乐。

伍畏被调到B局快两年了,但仍不时回忆在A局时的舒坦日子,随即脑海里又跳出姚旺春风得意的样子来。就想:你姚旺出事的日子应该不远了!

这天,伍畏刚走进B局,就听到几个人在议论有人昨晚被纪委带走的事。

伍畏赶紧凑过去问,是A局的人吧?

有人回答说,对,A局的。

伍畏心中暗喜,说,是姚旺吧?

别乱讲!有人抢白伍畏道,是马副局长!

伍畏心里嘀咕说,拔出萝卜带出泥,马副局长出了事,难道他的直接领导姚旺没事?

伍畏突然有了想和人聊聊的欲望。他首先拨通了甲公司徐总的手机。

伍畏开门见山地说,徐总好!告诉你个消息,A局领导出事了。徐总说,是那个马副局长吧!伍畏说,你知道了?徐总说,我怎不知道?一年前就知道了!伍畏听了一惊,说,你是神仙,能掐会算?徐总说,这个人心术不正,我知道迟早要出事。

伍畏赶紧问道,姚旺局长呢?徐总说,姚局长这人不错……徐总突然不说了。他原想说"春节我给姚局拜年送个红包没送掉反被他骂了"这样的话,但立刻想到,这不是揭伍畏的伤疤么?伍畏正要问姚局怎么不错,徐总抢先说,啊,对不起,有个客户来了,我先挂了!

伍畏有些扫兴,但他意犹未尽,愣了愣神,又拨通了乙公司章

总的电话。

伍畏直截了当地说,章总好!A局马副局长双规了!知道不?章总说,知道!伍畏说,你也知道了?章总说,和这个人打过几次交道,他贪得无厌,不出事才怪哩!

伍畏立即试探道,那姚旺也好不到哪里去吧?章总说,姚局长不一样……章总说着突然打住了。他本想说"姚局不抽烟不喝酒也不打牌,想送烟送酒打打'上贡牌'还没机会呢"这样的话,但马上意识到这不是影射曾经要这要那的伍畏吗?章总话题一转说,不好意思,公司马上要开个会,我挂电话了。

伍畏想听到的话一句也没有听到,心情有些不好。

时间一晃过去了几个月,当年的马副局长已成了阶下囚,而伍畏希望看到的"拔出萝卜带出泥"的事情并没有出现。

一天,伍畏路过A局,看到姚旺推着自行车从里面走出来。

伍畏望着姚旺轻松自在的样子,心想,他怎么不出事呢?

反　响

管记者是县电视台新闻部挑大梁的记者。管记者新闻敏感强,文字功夫好,笔头子又快,大凡县里有重要会议,台里都派他去采访。管记者总是很认真地选好报道的角度,准确传达出会议要义,并把一个个看似枯燥的会议报道出一些新意来。

这天,管记者去采访"全县整顿医药市场秩序动员大会",当他把镜头摇向听众席时,他吃惊不小:此时县长正在台上十分严肃地阐述整顿医药市场秩序的重要性和紧迫性,台下近两百个听众中却有七八个人耷拉着脑袋打瞌睡。管记者想,与会的都是各有关部门和单位的负责人,不认真领会会议精神回去后又怎么能贯彻落实?整顿医药市场秩序岂不成了空话?管记者决定将此事曝光,于是对打瞌睡的人分别给了特写镜头。

管记者是快笔头,回到台里便三下五除二把两条新闻的解说词写好了。部主任大李首先看了会议报道《整顿医药市场秩序,确保群众身体健康》的解说词,没说什么就签了字。看了批评报道《开会打瞌睡,会议精神如何贯彻落实?》的解说词后他马上想到了什么,说,我看一看拍回来的录像资料。

大李眼尖,录像还没放完,他就在打瞌睡的人中发现了他舅舅——县药材公司总经理。大李指指荧光屏上的舅舅对管记者说,记住,剪辑时把这个人的镜头删除掉。大李在稿签上签上名字后高兴地说,好稿,好稿!舆论监督就是要搞。这样的新闻观众爱看,定会产生反响!不过,能不能播发还得听听王副台长的意见。

王副台长分管新闻。他认真审读了批评报道的解说词后立刻想起了什么,说,我要审看一下录像。

王副台长发现打瞌睡的人中有两个熟人,一个是老同学——县卫生局办公室主任,一个是他老婆的干爹——县卫生局副局长。王副台长对管记者说,剪辑时别忘了把这两个人的镜头删掉。王副台长在稿签上写下"同意播发。请陈台长审定"几个字后称赞说,舆论监督必不可少,这条新闻不错,一定能在观众中产生大的反响!

批评报道必须经过陈台长最后把关。陈台长把批评报道的解说词仔细看了两遍后突然意识到了什么,说,我必须审看一下录像。

陈台长仔细地看了录像后对管记者说,打瞌睡的人中有县一医院的院长,有县二医院的副院长,有县肿瘤医院的副院长,还有……这些单位都是我们电视台的广告客户,而且这些人都是单位上的头头脑脑,批评他们一定要慎重,可别又出现负面影响呀!

陈台长的顾虑不是没有道理,因为过去也搞了一些批评报道,有的引起了有关部门的重视,问题很快得到了解决;有的批评报道却激怒了某些单位或个人,他们免不了要来台里吵吵闹闹找麻烦。

管记者担心这条新闻被"枪毙",急忙分辩说,陈台长,前几天县里不是专门召开过端正会风的会议吗?端正会风的约法三章还是县长亲口宣布的。谁吃了豹子胆,敢和县长过不去?我们批评个别人的不良行为也是为了促进会风好转,有利于工作嘛!

陈台长思忖了片刻说,你说的没有一点儿错,但你剪辑时必须把我刚才提到的几个人的镜头删去。陈台长在稿签上写下"今晚播发"几个字后赞赏说,这的确是条好新闻,你把会议报道和批评报道编排在一起播发,前后形成反差,宣传效果一定不错,肯定会在社会上产生很大的反响。

管记者沮丧地说,这条新闻没必要播发了,打瞌睡的画面都剪辑掉了。

陈台长说,我只要你剪辑掉五个人的镜头,不是还有三个打瞌睡的人吗?

管记者心里暗暗叫苦,剩下三个人的镜头早已是大李主任和王副台长交代过一定要剪辑掉的。

《开会打瞌睡,会议精神如何贯彻落实?》的批评报道在当晚的《本市新闻》栏目中播出了,不过,已成了没有现场画面的口播新闻。

愿　望

　　回乡办完父亲的丧事,成刚提出要母亲随他去长沙生活。母亲执意不肯,说乡下清静,城里太吵住不惯。成刚明白,母亲是舍不得丢下长眠地下的父亲。成刚临走时对母亲说,过去您总是不让我寄钱回来,今后我每月给您寄二百元生活费。母亲说,乡下开销不大,要寄,寄一百元就够用了。

　　母亲住的村子十分偏僻,乡邮员一个月才来一两次。如今村里外出打工的人多了,留在家里的老人们时时盼望着远方亲人的信息,因此乡邮员在村子里出现的日子是留守村民们的节日。每回乡邮员一进村子就被一群大妈大婶和老奶奶围住了,她们争先恐后地问有没有自家的邮件,然后又三五人聚在一起,或传递自己的喜悦,或分享他人的快乐。这天,乡邮员又来了。母亲正在屋后的菜园里割菜,邻居张大妈一连喊了几声,母亲才明白是在叫自己,慌忙出门从乡邮员手里接过一张纸片。一看,是汇款单。母亲脸上洋溢着喜悦说,是我儿子成刚寄来的。邻居张大妈夺过母亲手里的汇款单看了又看,羡慕得不得了,说,乖乖,二千四百元哩!人们闻声都聚拢来,这张高额汇款单像稀罕宝贝似的在大妈大婶们手里传来传去,每个人都是一脸的钦羡。

　　母亲第一次收到儿子这么多钱,高兴得睡不着觉,半夜爬起来给儿子写信。母亲虽没上过学堂,但当过村小教师的父亲教她识得些字、写得些字。母亲的信只有几行字,问成刚怎么寄这么多钱回来,说好一个月只寄一百元。成刚回信说,乡邮员一个月才去村里一两次,怕母亲不能及时收到生活费着急。成刚还说他工资不低,说好每个月寄二百元的,用不完娘放在手边也好应付急用呀。

看了成刚的信,母亲甜甜地笑了。

过了几个月,成刚收到了母亲的来信,信只有短短几句话,说成刚你不该把一年的生活费一次寄回来。明年寄钱一定要按月寄,一个月寄一次。

转眼间一年就过去了。成刚因单位一项工程工期紧脱不开身,原打算回老家看望母亲的,不能实现了。他本想按照母亲的嘱咐每月给母亲寄一次生活费,又担心忙忘了误事,只好又到邮局一次给母亲汇去二千四百元。二十多天后,成刚收到一张二千二百元的汇款单,是母亲汇来的。成刚先是十分吃惊,后是百思不得其解,正要写信问问母亲,却又收到了母亲的来信。

母亲又一次在信上嘱咐说,要寄钱就按月给我寄,要不我一分钱也不要!

一天,成刚遇到了一个从家乡来长沙打工的老乡。在招待老乡吃饭时,成刚顺便问起了母亲的情况。老乡说,你母亲虽然孤单一人,但生活很快乐。尤其是乡邮员进村的日子,你母亲更是像过节一样欢天喜地。收到你的汇款,她要高兴好几天哩。成刚听着听着已泪流满面,他明白了,母亲坚持要他每月给她寄一次钱,是为了一年能享受12次快乐。母亲心不在钱上,而在儿子身上。

老人与儿女

唐奶奶是最喜欢星期日这一天的。星期日,儿女们便会带着儿女们的儿女们回到"老巢"来。唐奶奶的丈夫死得早,是她一把屎一把尿把四个儿女抚养成人。唐奶奶吃过不少苦。儿女长大后,都相继"飞"走了,在外筑了"小巢",把她孤零零地留在"老巢"里。

过去的星期日里,儿女们还偶尔回"老巢"来打个转儿,现在却都不来了,只顾在各自的"小巢"里享受天伦之乐,忘了"老巢"里还有形单影只的娘。

唐奶奶寂寞地打发日子。星期日见邻居张奶奶的儿女都来聚会,热热闹闹的,便羡慕不已。

唐奶奶一次见到大儿子,便生气地说:"平时你们要上班没空来看我,我不怪你们,难道星期天也没空?你看看张奶奶家是什么样儿吧……"

唐奶奶哽咽着,眼泪流出来了。

大儿子见娘的难过样,忽动恻隐心,老老实实说:"星期天,兄妹们聚在一起打麻将呢!"

"兴钱吗?"

大儿子笑笑,点点头。

玩麻将是有瘾的,唐奶奶很清楚。唐奶奶出身殷实人家,当年,她的父亲嗜赌如命,且赌技高超。唐奶奶未出嫁前也经常和

邻居的大家闺秀们打麻将。唐奶奶手气好，又从父亲那儿学了秘不外传的几招，总是赢多输少。起了牌，不用看，用大拇指轻轻在牌面上一抹，便知手中之牌是几饼、几条、几万或是什么"风"了，绝无差错。后来，父亲大赌，偶一失手，一下子把家产输光了。唐奶奶也从此戒了赌。这些事她从未对儿女们讲过。有人说如今中国是十亿人九亿赌，唐奶奶曾告诫儿女们打打牌可以，千万不可上瘾也不要赌钱。没想到时风不可逆转，自己的儿女也迷上了赌钱，连娘也顾不上要了。

唐奶奶又宽慰地想：好在是兄妹之间，也算是肥水不流外人田。便擦擦眼睛说："就不能把麻将带回娘这里打吗？你们打麻将，我给你们做饭，不好吗？"

大儿子便说："好。"

每逢星期日，唐奶奶便不等天亮就起床，提了竹篮，走两里多路到菜市场买来鱼肉和时鲜蔬菜。然后把方桌摆好，把椅子擦净，单等儿女们光临。

于是，星期日这天唐奶奶的儿女们又都带着各自的儿女们"飞"回了"老巢"。

于是唐奶奶家里便一扫往日的寂静，充满了生气和活力。

唐奶奶在儿女们打麻将的喧闹声中，享受儿孙满堂的温馨，满面笑容地忙着做一桌丰盛的饭菜，款待儿女们。儿女们自然也很愉快。

这样过了一个又一个星期日。

一个星期日，唐奶奶去菜市场买菜前，打开柜子取钱时，发现没多少钱了。

唐奶奶是从一家集体企业退休的。过去，为了养育儿女们，她参加工作比较晚，退休工资便不多。这些年，唐奶奶省吃俭用虽然积攒了几百元钱,但哪经得起众多儿孙们嘴巴的消耗,如今眼看要捉襟见肘了。

唐奶奶不禁着急起来。

唐奶奶把大儿子喊到厨房里,字斟句酌地说:"你能不能跟弟妹商量一下,每人每月给娘补贴一二十元钱……"

大儿子脸上写满疑问:"您不是有退休工资吗?怎么……"

"过去只有我一张嘴巴,现在……"唐奶奶说话竟有些嗫嚅了。

"那星期天我们就不来了。"大儿子说完又补充一句,"不,就少来了。"

唐奶奶急了,说:"我不是不要你们来,你们来了我高兴死了,只是你们在各自的家庭里也要吃饭呀!"

大儿子便侧转身子,有些不悦地说:"好吧,我问问他们。"

吃午饭时,儿女们谈笑风生,却对给娘一点钱的事只字不提。

吃完饭,唐奶奶又悄悄问大儿子。大儿子说我问过了,他们都没吭声。唐奶奶问大儿子,你呢?大儿子冷冷地说:"慢慢来,别急嘛!"

一连两个星期日,儿女们谁也没提起给娘钱的事。唐奶奶便很难过。

这天,收拾完碗筷,唐奶奶来到麻将桌边,她决定自己去说。

四方城的战斗十分激烈。唐奶奶从儿女们的交谈中得知:今天的输赢已达五十多元。唐奶奶看了好大一会儿,发现跟往常一样,输了的,毫不犹豫地往外掏钱,面不改色心不跳;赢了的,接过钱就放入口袋,笑逐颜开,心安理得。

唐奶奶想,这真是应验了一句古话:赌博佬儿不赖账。想后,便很伤心。伤心之后,忽然一个念头在心里升起。

唐奶奶说:"谁让我打几圈?"

"您?!"儿女们都诧异地抬起头,"您会打麻将?"

"谁让?"唐奶奶又说。

大儿子站起身,狡黠地笑着对娘说:"兴不兴钱?"

唐奶奶不动声色说:"当然兴!"

唐奶奶真是威风不减当年,那码牌之娴熟,摸牌之神韵,打牌之迅速,掷骰之灵巧,令儿女们惊诧不已。更令儿女们不解的是,娘的手气特别好,常常神不知鬼不觉便来个自摸"小七对"或是"清一色"!偶尔掷骰,"杠上花"开得令人眼馋!神了!好像有神灵相助一般!

两个小时下来,唐奶奶赢了六张"大团结"。

儿女们惊呆了,问娘何时学会打麻将又怎么这样会打麻将。唐奶奶则守口如瓶,笑而不答。

每到星期日,唐奶奶的儿女们便早早回到"老巢"来,找娘打几圈。他们年轻气盛,不相信娘是常胜将军。然而唐奶奶不轻易上场,一上场,儿女们便败北。

儿女们心里顿生疑团:娘一定玩了假,可又让人看不出假来,难道娘有障眼法?

儿女们还发现,娘每月和他们只打一次麻将,赢了七八十元钱,便不打了。任你怎么说,她再也不上场。

星期日,唐奶奶的"老巢"里总是很热闹。

后来,唐奶奶死了。儿女们在清理遗物时,意外地发现娘的柜子里藏着一副有些年月、被手把玩得油光水滑的麻将。

看门人

我们这里称呼外省的人喜欢在后面加一个"佬"字,比如广东佬、湖北佬、江西佬。词典上说"佬"字有轻视的意思,我们这里不那么认为,还觉得这样叫挺亲切的。

张安是从四川万县农村来湖南打工的。局里盖宿舍楼时,张安在建筑队里干临时工,挑砖挑沙挑水泥。宿舍楼竣工后,建筑队撤走时,局长叫住张安说:四川佬,我们局里缺个看大门的,干不?

张安不假思索说:要得,要得!

局长说:工资每月400元,不嫌少吧?

张安说:郎个嫌少呢?要得,要得。

局长说:不光看门,还要烧开水、搞卫生、清运宿舍区垃圾哩!

张安说:要得,要得。

局长又说:看门就你一个人,没什么上班下班之分,节假日也不休息的。

张安还是连声说:要得,郎个要不得呢!

张安很卖力,深夜12点关大门睡觉,第二天天不亮就起床了。先把开水炉捅燃,然后就去扫院内空坪,扫办公楼过道,冲洗公用卫生间;接着推着斗车到职工宿舍区清运垃圾箱内的生活垃圾,垃圾要拖到大门外一百米远的垃圾中转站。宿舍区的垃圾很多,一天要拖两车。

份内的事,张安肯卖力气,份外的事,也肯卖力气。局里分木炭或换液化气时,他见年岁大的干部搬运很费劲,就主动帮忙把一麻袋一麻袋木炭或一钢瓶一钢瓶液化气扛上二楼三楼。一些年纪轻轻的干部也喊张安:四川佬,帮忙扛扛,要得不?张安也不计较,连忙说:郎个要不得哩?要得要得!扛着木炭或钢瓶上四楼上五楼上六楼,累得满身大汗、满身是灰。人家说声谢谢,他就说:这有啥子要紧嘛!人家给他烟抽,他便连连摇手说:抽烟是烧票子呢,不会不会。

局里的人都喜欢四川佬,说他人老实,干活一顶俩。

局长听了这话满脸都是笑,说我看人还会错么?

局长当初看中张安,是因为多次瞧见张安歇工后,还在建筑工地上转一圈,把丢弃的短铁丝、弯铁钉、小木板什么的收集来,送到基建材料仓库里去,嘴里还嘀咕说:丢了可惜。

局长背地里说:四川佬这人挺细心的,看大门就要这号人。

局长有时到传达室坐坐,和张安拉拉家常话。局长说:四川佬,家里还有人吗?

张安说:有。母亲生病,瘫在床上好几年了,还有个16岁的妹子,干农活。

局长同情地说:四川佬,好好干,以后给你加工资。

张安笑眯了眼,说:多谢局长!

张安对看大门这个工作很满意。扫扫地,烧烧开水,拖拖垃圾,比起干农活,比起挑砖挑沙挑水泥,不知轻松多少倍了。更令张安满意的是每天清运垃圾时,他都有收获:矿泉水瓶,装过苹果或梨的纸箱,还有易拉罐和啤酒瓶。这些东西可以卖给收购废品的。矿泉水瓶一个卖5分,啤酒瓶一个卖1毛,纸箱更值钱,一斤就能卖3毛。张安算了算,每隔十天半月,他就有十多元额外收入。当然,这些情况,局里的人是不知道的。张安每天清运垃圾时,局里的人还没起床。张安把拾捡的东西放在传达室后面的旮旯里,待攒够了一定数量再卖。

一个星期天上午,局长在院内溜达时,看见张安提一个鼓鼓囊囊的大编织袋从传达室走出来。

局长走过去问:四川佬,包里是什么?

张安说:捡的破东烂西。

局长问:干啥?

张安说:卖钱。

局长这才发现大门外停着一辆收破烂儿的三轮车,车旁站着个提一杆秤的老头儿。

张安见局长盯着他,忙用脚踢踢编织袋,编织袋里便咣咣响。张安说:都是从宿舍垃圾箱里捡的矿泉水瓶子、啤酒瓶子和易拉罐。

张安又指指早已搬到三轮车旁的一堆纸板说:这些苹果、梨、啤酒纸箱也是从垃圾箱里捡的。

一会儿,张安从收破烂儿的老头儿的手中接过十多元钱。

局长说:外快还不少呢!

局长又说:四川佬,以后上班别干私事!

张安本想解释说今天是星期天呀,又马上想起自己是没有星期天的,便点头说:要得,要得!

局长临走,又脸色严肃地说:四川佬,我们这里是机关,你也算是个工作人员了,上班捡破烂,影响不好!

张安红着脸嗫嚅说:不了,以后不了。

张安真的不捡破烂了。每天清晨,张安清运垃圾时,不再把矿泉水瓶、啤酒瓶、易拉罐、纸箱挑出来,而是统统拖到垃圾中转

站倒掉了。

一天,张安收到妹子的来信,信中说因没有钱买药,母亲的病更重了。张安几夜没睡好。

这天,张安到垃圾中转站时,发现已有两三个人站在那儿。见了他,那些人便一哄而上,争抢垃圾里的矿泉水瓶、啤酒瓶、易拉罐、纸箱子。原来也是捡破烂的。

张安见了很不是滋味,心想:这不是送票子给别人吗?张安舍不得这些东西。

第二天,张安清运垃圾时,又把易拉罐啤酒瓶之类的东西挑出来。为了不被局长看见,他把这些东西藏在床下面。等攒多了,就叫收破烂儿的老头儿晚上来。

没有发现不了的秘密。张安捡破烂的事还是被局长知道了。局长很生气。局长决定辞退张安。局长背地里说:四川佬贪图小利,今后局机关、局宿舍不知会出什么事呢!

不久,局里又来了个看大门的,是个老头儿,也是农村的,是政府办一个头头的远房亲戚。

局长笑嘻嘻地对老头儿说:老伯,现在你的工资是600元,好好干,以后再给你加工资!

老头儿不哼不哈地说:好,好。

没几天,局长惊奇地发现,这老头儿也捡矿泉水瓶、易拉罐、啤酒瓶……

厂长与作家

故事还得从一位不速之客说起。

那天,牛厂长正在办公室里悠闲地看报喝茶,忽然有人敲门。来人是个二十刚出头的男青年。看了递过来的名片,牛厂长才知是日报的朱记者。朱记者说他们拟编辑出版一本报告文学集,主要是展示我市改革开放、经济发展的成就,同时为企业的带头人和企业家树碑立传,牛厂长就是宣传对象之一。他还一再强调,入书的人选是市政府领导选定的,希望牛厂长珍惜这难得的机会。

牛厂长开始还听得心花怒放,一听说是市政府领导选定的,就在心里骂朱记者道,你个嫩毛,竟敢耍我!前几天市里开会还批评我扭亏增盈工作抓得不利,现在又要为我唱赞歌,这不是瞎扯淡吗!

牛厂长不动声色地问朱记者,入书有没有附加条件?

朱记者说,附加条件倒没有,只是如今出书要申领书号,印刷费用又太高,入书者得花两万元的费用。

牛厂长老到地一笑,啧啧,一篇文章花两万元,太不值。我没有钱。

朱记者急了,忙说,这可不是一般的通讯报道,是写报告文学,要写万把字呢!重点写您为振兴企业所做的贡献和先进事迹。由我来操笔,保证让您满意。特别是文章前面还刊登您的照片。

牛厂长又一想,企业再穷也不在乎这两万元,只是他觉得这事太离谱,就把朱记者打发走了。

是石林让牛厂长改变了主意。

石林是省内小有名气的工人作家,不仅作品多,而且频频获奖。一直以来,牛厂长不怎么喜欢石林,还在全厂职工大会上不点名地批评过他:有的人不务正业,眼睛只盯着报纸杂志,何不调到报社杂志社去!事后,牛厂长觉得自己说了瞎话。因为石林的工作态度、工作质量是无可挑剔的。但每见到石林收到稿费,收到样刊样报,牛厂长心里就不快。石林名利思想太重,牛厂长常对人这样说。

这天,牛厂长送走朱记者回来,在经过一间办公室时,见许多人围在一起谈笑风生,便走进门,问道,这么热闹,有什么新闻?

牛厂长,快来看,书上有石林的照片。

牛厂长接过杂志翻了翻,里面除了石林的两篇小说外,封二上果然有石林的照片,还是站在工厂大门口照的,样子很神气。

牛厂长立即找到石林,问道,登照片花了多少钱?

石林说,没花一分钱,是杂志社要登的。

真的?

真的。

牛厂长不信,暗骂道,你小子还瞒我,花钱出名还不承认!你以为只有你的照片能上书?你也太小瞧人了!

于是,牛厂长决定也在书上登一回照片。

牛厂长把石林叫到办公室,态度和蔼地称赞石林是才子,是工厂的骄傲,并说过去不支持你搞文学创作是没有远见,还请多多包涵。

石林听得耳热心跳,忙说本人不才本人不才。

牛厂长觉得时机成熟,笑微微地说,你有才,我很看重你的才气。随即把写报告文学的事说了,但省略了赞助费的内容。

石林连连摇手说,我只怕写不好。

牛厂长说,市领导点名写我是对我的肯定,我点名你来写是我对你的信任。你熟悉工厂熟悉我,一定写得好,一定得写好。

石林毫不怀疑自己能写好这篇报告文学。他在这个厂工作十个年头了,对工厂、对工人、对牛厂长是太熟悉不过了。他只花了两个晚上的时间就把文章写好了。

牛厂长接过厚厚一叠稿子,喜形于色赞扬石林是大手笔。但看完文章,心却一沉。他表情严肃地对石林说,文笔不错,只是,只是有两点不足:一是喧宾夺主了,你把大量笔墨放在了工人身上……二是漏掉了一个重要方面,诸如现在时兴的开拓进取、勤俭办厂、廉洁务实的字眼和内容,你都没有写……你是作家,我就不详细说了,你琢磨琢磨吧!

石林琢磨了一天一晚,他很想按牛厂长的要求把文章改好,可是脑壳里一片空白,不知道该写些什么。石林觉得奇怪:自己往日那天马行空的想象力怎么一点儿也没有了呢?

半年后,一本书名为《企业家之歌》的报告文学集出版了。其中有一篇是写牛厂长的。

牛厂长捧着散发着油墨芳香的新书,反复欣赏自己的照片和颂扬自己的文字,心里像塞进了一勺蜜。他逢人就夸日报的朱记者会写文章。

听的人都点头。也有人说,石林是名作家,对您、对工厂都更熟悉,要他写不更好?

牛厂长讳莫如深地说,熟人?熟人写不好这文章……

为什么呢？

牛厂长笑笑，不再言语。

我要做陪衬人

县电视台办公室主任被调走了，台里要提拔一个人接替此任。与以往不同的是，这次采取的是竞聘上岗择优录用的方式，凡在副主任岗位上工作两年以上或是取得中级以上职称者都可以一试身手。竞聘公告一张贴出去，广告部记者马甸第一个报了名。

马甸原是新闻部记者，本科学历，取得中级职称已有三年。他是两年前台里为了加强创收力量被调整到广告部的。俗话说，新闻部记者别人求你，广告部记者你求别人。大家都心知肚明，这样的调整大凡是针对那些默默无闻不被重视的人而做出的。马甸当初还暗暗闹过两天情绪呢。

马甸要竞聘台办公室主任职位的消息一传出，人们便好像听了《天方夜谭》里的故事一样，都觉得挺稀奇的。马甸常常被人突然叫住或是突然被人搂着肩膀问着同样的问题，马甸，你要参加竞聘？马甸说是呀。问的人又问，有几个人报名了？马甸说，我去报名时人事科说有两个人了。问的人就说，另一个是万利吧？马甸说，我知道。问的又说，你知道了还报名？马甸说，不是说符合条件者都可以报名嘛！问的人再说，你知道别人怎么议论你吗？说你脑袋瓜不开窍，都说这样的竞聘只是个花架子，形式而已，你却甘愿去当陪衬人！马甸却不羞不恼，说，管它哩，陪衬人也要人当呀！问话的人都在心里骂,你是个大傻帽！

正如人们预料的那样,竞聘公告张贴了半个月,报名的仍然只有马甸和万利两个人。

人们说马甸脑袋瓜不开窍不是没有道理,因为他的竞争对手万利绝非等闲之辈。万利是县政府副秘书长的外甥,已在台办公室任副主任三年了,工作干得出色,且每年都是先进工作者。明摆着,主任这个职位非万利莫属了。

竞聘大会在人们的关注下如期举行。台领导在前排就座,看热闹的编辑、记者和其他人员把会议室挤得满满的。万利首先走上讲台发表竞聘演说。他思维敏捷,口才极好,紧紧围绕如何当好台领导班子的参谋和助手,协调好各部门的工作等,滔滔不绝地谈了"我来当办公室主任"的种种设想、措施和方案。对台领导的现场提问,他对答如流,且极具说服力,赢得了热烈掌声。

马甸也在热烈的掌声中走上了讲台。马甸是北方人,普通话说得很悦耳。他历数了他这些年在新闻报道方面取得的成绩。他说,做为新闻战线上的一员,我是兢兢业业的。在新闻部工作的几年里,我风里来雨里去,采访拍摄了2159条新闻,有267条上了《本市新闻》节目的头条,有108条新闻在省级电视台播出。我采拍的新闻《农民兄弟的喜与求》和系列报道《走进大山》等分别获得全省和全市好新闻评选一、二等奖。我撰写的业务论文《论防止正面报道的负面效应》在中央级刊物发表。我撰写的《政策在这里走了样》等内参引起了县领导的高度重视,受到了市领导的好评。我服众领导安排,在广告部任劳任怨为增加广告收入做贡献,每年都超额完成了工作任务,目前广告创收累计已达361万元……

马甸的发言征服了台下的听众,有的人悄悄赞叹说,真人不露相,马甸还真有些能耐呢!

台领导A站起身,表情严肃地说,马甸,你的发言背离了今天的主题,你不是在作竞聘演说,你是在作评聘职称的述职报告。文不对题呀!

马甸愣住了,嘴里轻声"哦"着,想说什么又没说,样子有些尴尬。

台领导B显得温和些,他启发式地提问说,马甸,我们主要是想听听你如果当上了办公室主任有哪些新招、高招。

马甸略微思考了一下,不紧不慢地说,我觉得当务之急是加强年轻记者的业务培训,提高他们的政策理论水平和专业技术素质。因为有些记者学历不高又不爱学习,写作能力确实不敢恭维,文字都不通顺,怎能写出好的稿子……

台领导B失望了,他摇着头说,马甸,你又跑题了!我再问你一句,你还有哪些绝招?

面对台领导的追问,马甸低头不语,样子有些狼狈。

散会后,有好心人对马甸说,凭你的能力当个办公室主任绰绰有余,关键是你的演说牛头不对马嘴。你怎么会这样呢?

马甸微笑着,不吭声。

问的人又惋惜地说,办公室主任这个职位与你无缘了。

马甸说,我去报名时就知道是这个结果。

问的人惊讶了,说,那你干吗要费力劳神去当唯一的陪衬人?

马甸狡猾地一笑,说,当陪衬人值得。这个机会太难得了!我只是想当着台领导的面,当着大家的面展示一下我自己……

问的人一时没回过神来,满脸的茫然。

令许多人没有想到的是,不久,马甸被调回了新闻部,还当上了副主任。

中奖的烦恼

　　这消息是月萍自己说出来的。她眉眼都是笑地对厂里的人说,我中奖了,80万元哩。于是,月萍买福利彩票中奖的消息不胫而走,有人说她走运,有人要她请客,把个工厂闹得沸沸扬扬的。

　　占魁对月萍说,你嘴关不住风,这事是到处讲得的么?你不要命啦! 占魁是月萍的男人,和她说话时一脸严肃。月萍不屑地撇撇嘴,说说有什么要紧,人家又不会来抢。

　　不抢? 前几天晚报上说,两个歹徒半夜入室,把个孤老头儿杀了,就为了一千块钱。

　　呀,还真有这事!

　　岂止抢钱杀人,还有绑架儿童的,不交出十万八万就撕票。撕票你懂吧,就是把小孩宰了,活不见人,死不见尸。

　　这可怎么办? 月萍脸色都白了。

　　不要紧,以后别再说中奖的事。

　　整个下午,月萍都心神不定的。月萍是农机厂的车工,这天她报废了三根打稻机长轴。检验员说,月萍这个月别想拿奖金了。班长说,怕啥? 如今月萍不上班也不愁饭吃。

　　下班一回到家,月萍就满脸愁云地对占魁说,这事怎么办?

　　占魁正边看电视边等月萍回来做饭,听到月萍回来了,头也不抬地说,什么事怎么办?

中奖的事我不该到处说的。

嗨,老想这干吗?没事儿,以后不再张扬就是了。

不行,我已经说了,厂里的人都知道了。一传十,十传百,外单位的人也会知道的。能担保就没有见财起意的人?

占魁本是想吓唬吓唬月萍,要她别露富,想不到月萍当真了,还记心里头去了,而且说得有鼻子有眼的。于是心里也七上八下没了底儿,反过来问月萍,这怎么办?

月萍答非所问,儿子还没回来?

他不是每天放学了还要和同学玩会儿球吗?

我这就去接儿子。

都小学三年级了,还接?这两年,儿子都是自个儿来来去去,不也好好的吗?

不行,从今天起,得接。

占魁知道月萍被绑架儿童的事吓着了,但这毕竟又是发生过的事,觉得防患于未然也好。

要接,明天开始吧,我顺路。

我不放心你。那年儿子上幼儿园,你接他回,半路上你遇到了老同学,只顾说话,儿子跑到中心商场去了,你也不知道。幸亏我妹妹买东西时看见了……

儿子上学去不也要送?

怎么不送?不送万一出了事呢!

占魁无话可答了。月萍临出门,回过头,晚饭归你做。占魁虽最不爱做家务活,这回也只得认了。

晚饭时,月萍抱怨占魁,你怎么把菜做得淡的淡、咸的咸?又玩什么花样!

占魁常把能做好的家务活故意做得很糟。过去,他洗过的衣服跟没洗一样,月萍只得收回"洗衣权"。

这次我不是故意的。

不是故意的怎么会这样?

我边忙边考虑那钱是存银行还是放家里,就……

月萍叹了一声。这餐饭吃得没滋没味的。

半夜,月萍起来解手时,突然大叫起来。

占魁从床上弹起,你怎么啦?

窗户都开了,进来贼了,进来贼了!

呀,窗户真的都开了!丢了哪些东西?

我,我哪知道……

快看看钱还在不在!

打开柜子,80捆崭新的钞票挤挤地躺在柜子里。

占魁一愣神,我想起来了,窗户本来就没有关。

我嘱咐你都关严,你怎么不听?

天这么热,不怕闷死?住五楼,怕啥!

要是80万元被偷了呢?被抢了呢?你这个鬼男人!月萍狠狠地踢了占魁一脚……

占魁被疼醒了,一看,天已大亮了。他推了推月萍,你又踢又叫些什么嘛?踢得我生疼!

月萍睁开眼,哦,我做梦了。

什么鬼梦?

我中大奖了,80万元哩!

尽想美事!不过,美梦成真就好了。

也好也不好……

怎么会不好呢?

月萍没有说。

不回家吃饭

金林还不是局长那会儿,每天都准时回家享受吉英做的午餐和晚餐。后来有一天破例了。那天,吉英调休,做午餐时,特地烧了金林喜欢的糖醋鱼和回锅肉,结果这天中午金林没回家。吉英很生气。晚上,金林回来,她也爱理不理的。

金林问是咋回事,吉英说,干吗中午不回家吃饭?

金林说,昨天不是告诉过你吗?我现在是局长了。

吉英说,当局长了就不回家吃饭了?

金林说,我还有领导呀,他们来了,还能不吃顿饭?我还能不陪一陪?

吉英通情达理,只是微嗔道,害我空忙空等!人不回来也该打个电话回来呀!

金林觉得很对不起吉英,连连说好。以后,不回家吃饭总不忘给吉英打个电话,有时中午打,有时下班前打。金林不回家吃饭,吉英开始感到很不习惯,慢慢觉得这样也不赖,一来可以少做几道菜,二来还能节省许多开销。

金林不回家吃饭的次数越来越多了,常常连续许多天,中午给吉英打电话,下班时也给吉英打电话。吉英白天几乎看不到金林的人影儿。金林晚上回来,不是说累了就是说喝多了,倒头便睡,连和吉英说说话的时间也没有。

时间长了,吉英很寂寞,就不高兴地说,你就不能回家吃几餐饭吗？金林为难地说，我也想回家吃呀，可又不能不到外面吃……

一天，金林很晚才回来，是被人搀扶着送回家的。金林神情恍惚，嘴里喷着浓烈的酒气。吉英把他扶到沙发上，正要给他冲一杯糖水，只听得"哇"的一声，大量的秽物从金林嘴里喷射出来，溅得到处都是。

吉英给金林擦洗身子，然后收拾房间，洗濯衣物，足足忙了两个小时。吉英本想发几句牢骚，见金林昏昏迷迷的难受样，才忍住了。

早晨醒来，吉英见金林脸色苍白，眼睛显得大而无神，便气不打一处来，说，你就不能少喝点！

睡了一晚，金林仍觉得很疲惫，胃部仍有些不适，不由自主叹了一声，说，你以为我喜欢在外面喝酒？没法子呀……

吉英说，什么没法子，到家里吃饭哪会遭这份罪！

金林说，头头脑脑来了，你不宴请会说你不懂味，会说你小气；别人请你赴宴，你不去会说你架子大，假正经。

吉英赌气说，你去吃喝吧，醉死在外头我不管你！

金林见吉英怒气冲冲的，又想起醉酒后的难受劲，忙说，不，以后尽量不在外面吃饭了。

吉英说，我才不相信。

金林说，真的。万一推不脱就要老刘一个人去。

老刘是副局长，挺能喝酒。

金林言必行，行必果，打这之后，已有两个星期没给吉英打"不回家吃饭"的电话了。

一天中午，吉英刚进家门，就听见电话咕咕咕响起来。吉英拿起听筒，是金林，说中午不回家吃饭。吉英说你怎么又变卦了？

金林说省厅的人来的,不陪不行。吉英听后也没多说什么,她原本打算在中午洗被套的,这下时间就更充裕了。吉英想,反正只一个人吃饭,洗完被子再做饭吃也不迟,便把换下的被套放进洗衣机里。

被套还没洗,金林就回来了。

吉英说,这么快就吃完了?

金林阴沉着脸,说,吃个屁!

吉英说,怎么啦?

金林没好气地说,那两个省厅的人假正经,我在酒店预订了饭菜,可好说歹说他们也不肯来吃……

吉英笑着说,发什么火,没吃,正好在家里吃呗!我这就去做饭。

这天,金林也没有在外面吃晚饭,洗了澡,便悠闲地坐在沙发上看电视。吉英晾完衣服,坐在金林身边说,你在家吃饭,我还轻松些,不然,半夜还要给你洗衣服……

金林却喃喃地说,你知道今天中午是些什么菜肴?加州鱼翅、青岛鲍鱼……我都是头一回听说!

保姆十五岁

园园十五岁,家在偏僻的山区农村,那里很穷。这几年,村民中胆大的满世界跑,发了财,盖了新房。园园也想看看大世界,也想赚钱。她妈不许她去,说赚钱很辛苦,说她还小。园园说我去当小保姆。妈更不依,说听说城里男人坏,姑娘家吃了亏还做不得声哩。园园不死心,悄悄拜托人给找个好主儿。主儿很快找到了,是个七十多岁的老头。老头家里富裕,但儿女不在身边。园园又恳求妈让她去,这回妈同意了。

园园走时,妈又悄悄嘱咐说,老家伙也要防着点。园园点点头。

老头是个退休干部,前年中风后半身不遂,多方医治后,也只能拄着拐杖蹒跚移步。老头的嘴巴向左歪斜,说话咕咕哝哝的,吐字不很清楚。老头眼力也不济,不能看书看报看电视,除了吃喝拉撒,就是傻傻地坐在沙发上消磨时光。

园园的工作是照顾老头的起居吃喝。事情不是很多。一个时辰的事做完了,园园就坐在老头对面的椅子上,守护着老头,听候老头差遣:倒开水呀,给药丸呀,倒痰盂呀,等等。园园有时觉得日子很寂寞,但想起一个月除开吃喝,还能挣一百块钱,心里便很高兴。

老头的儿女星期天来看老头,还嘱咐园园做一日三餐要按时。老头家里的钟坏了,好在老头有块手表。园园怕误事,便时不时问:"爷爷,什么时候了?"老头眼力差,懒得费神去找表上的字,便把左手颤颤地伸直,搁在沙发扶手上,让园园看表。这只表很精致很漂亮,金光闪闪的,字盘上面除了有日期,还告诉你今天是星期几。园园问老头,怎没见过上发条?老头咕咕哝哝说是自动表,只要戴在手上,不用上发条的。园园听后咂咂嘴,很惊奇。园园想,妈要是有一块这样的表就好了,就不用看太阳定时辰了。园园问老头表值多少钱,老头又咕咕哝哝说要好几千块,金表呢!园园便"哦"地叹口气,很扫兴。

老头说不好话,也很少说话,整天眯缝着眼,一动不动坐着,好像在打瞌睡,又好像在想想不完的心事。有时高兴了,也咕咕哝哝跟园园聊上几句。园园仔细听才听明白:老头问她家有几口人,父母亲好吗?你怎么不读书呀?园园觉得老头很可怜也挺和善的。园园还觉得妈的嘱咐很可笑。

一天,园园从厨房出来,问:"爷爷,什么时候了?"

老头刚把左手伸直,又弯了回去,随即把表摘下来,递到园园面前,结结巴巴说:"给,你……戴上……"

园园一惊,忙往后跳一步,说:"不!"

"你,你戴上……省、得、问……"

园园警觉地说:"这,我不要!"

老头竟扶着拐杖,从沙发上站起来,连连说:"你,拿,拿去,戴,戴上……"

园园赶紧逃到厨房去了。

晚上,园园第一回失眠了。妈的嘱咐在耳朵边响起:老家伙也要防着点,老家伙也要防着点!是呀,把这样金贵的表给我戴,什么意思?园园心里很害怕。

每天,一个时辰的事情忙完了,园园仍坐在老头对面的椅子上,只是椅子离沙发更远了点。还是那些事情:倒开水呀,给药丸呀,倒痰盂呀,等等。园园做这些事的时候小心翼翼的,生怕自己的手碰到老头的手。老头的手骨瘦如柴,青筋暴突。园园真担心那手会突然抓住她。

园园不再问"爷爷,什么时候了",瞅见老头无意识地把左手搁在沙发扶手上时,就站起身远远地盯一眼表,看一看时间。有时就趁上街买菜时,向邻居问一问时间。

园园提心吊胆地过着日子。

园园是在一天晚上发现老头有不轨行为的。近两天,北风呼啸,大雪纷飞,老头怕冷,便整天躺在床上。

这天晚上,园园忙完家务活,刚回到老头隔壁的小房里睡下,忽听老头哇哇叫起来。园园赶紧跑过去,意外发现老头满面绯红,样子十分激动。园园忙问什么事。老头用手拍着床铺,嘴里咕咕哝哝。园园没听明白,又问有什么事。老头急了,一把抓住园园的手,抓得很紧,身子还用力往上抬起,差一点把园园拉趴在床上。老头嘴里还咕哝着:"床……上……快……快……"

园园只觉得脑袋里嗡嗡直响,一切都明白了!这该死的老家伙!园园使劲挣脱老头的手,想也没想就逃了出去。

园园在火车站待了一夜。她越想越害怕。她决定不在老头家干了。

早晨,园园回老头家收拾自己的东西,在门口遇上了邻居。邻居责问她昨晚跑到哪儿去了,要不是他们听到"哇哇"叫喊声砸开门,老头险些让电热毯给烧死了。

园园一下子愣住了:是她忘了把电热毯开关调到低挡位置上。

姨妈的记性

姨妈叫灵巧,却名不副实:她不仅不灵巧,还有些憨。

外婆生了两个女儿,当然,一个是我妈,一个就是我姨妈了。姨妈常说我妈运气比她好,说我妈嫁到了城里,而她却还是"乡巴佬"。姨妈还说我妈嫁的男人也比她嫁的男人强,因为我爸是机关干部,而姨父只是个"修地球"的农民。听我妈说,姨妈这辈子没过上几天好日子,因为姨父死得早,给她留下四个半大不小的孩子,姨妈为了养活这些孩子,起早贪黑地干农活、做家务,不到五十岁背就驼了。日子实在过不下去时就找我妈要点钱、粮食什么的,因此,姨妈就常常进城来。姨妈每次进了城,必定拿出写有我家住处街名和门牌号码的硬纸片儿问人,边走边问,才能找到我家。但从我家出来后,姨妈就认不得回去的路了,因为她若是问城里人去乡下的路怎么走,是没有多少人回答得出来的。有几回,姨妈揣着我妈给的钱或背着从我家米桶里舀给她的米离开我家几个小时后又转回来了。我妈问,怎么又回来了?姨妈说,不认得出城的路了。我妈气得骂姨妈说,你脑子一盆糨糊,到城里来也不只十次八次了,记性给狗吃了?姨妈一脸的尴尬,听我妈数落一声不吭。我妈知道不亲自送送,姨妈是回不了乡下的家的,只好放下手上的事送姨妈到出城口。有时是星期天,我妈就要我送姨妈出城。送姨妈时,我不停地看姨妈走路。姨妈走路的姿态挺有意思,因为驼背,她的脸面几乎和路面是平行的。我对我妈说姨妈不认得路是因为她不抬头看路。我妈骂我死丫头,说你姨妈记性差是天生的,你扯什么邪!

我妈常感叹地对我说,别看你姨妈如今这么个窝囊样子,年轻时可是一枝花哩。不到三十岁守了寡,好多人劝她再嫁人,好多男人找上门纠缠,姨妈就是不听不从,硬是单打鼓独划船撑起一个家,把四个孩子慢慢拉扯大。我觉得姨妈很可怜,姨妈来了,我会主动去给她舀米,还常常把米桶舀见底。我还把我积攒的零花钱塞到姨妈的口袋里。姨妈大概觉得老是找我家要钱、要东西不好意思,偶尔也会带两斤绿豆或是捉一只刚开叫的小公鸡来。我妈当然不会接受,还责怪说,少些礼数吧,你家东西多啦?

姨妈的孩子都成人后,姨妈的日子好过些了,也清闲些了,有时进了城并不急于当日赶回乡下去,我妈就留姨妈住上一天两天的。树老根多,人老话多,两个老姐妹在一起有说不完的话。话虽多,但话题总离不开各自的子女,谈到子女就说谁谁是哪年出生的,年龄多大了,该说媳妇儿了;说谁谁是哪年出生的,年龄多大了,该找婆家了。有一次,老姐妹俩谈着谈着竟争论起来,我妈说我的年龄比姨妈的三儿子年龄小,姨妈坚持说我比她三儿子年龄大。我妈不服气说,你的记性都喂狗了,偏要和我争!姨妈不服输说,我没记错。我问你,你妹夫是哪年死的?我妈想了想说是1974年。姨妈说,对!恰好那年我生了我三儿子。我妈听姨妈一说,不由得"哦"了一声,说,对对,我去乡下吊丧还抱着琴呢。琴,就是我。见我妈认输了,姨妈很开心地笑了,说,我姐姐家里的事我还会记错么?我姐姐家里的事我都记得哩!

一天,姨妈又从乡下来了,我妈又说留姨妈住一晚。吃了中饭,姨妈问我妈说,姐,我每次来都没看见姐夫,他人呢?我妈说,你姐夫是大忙人,不是到市里开会,就是在单位里召开会议,平时迎来送往都忙不赢哩!还时常到外地考察,这不,上个星期又去了上海……姨妈一脸惊羡地说,啧啧,难怪。我只怕有七八年没见到姐夫了呢。

我妈和姨妈正说着话儿,突然我爸开门进来了。在我妈接过我爸的旅行箱时,姨妈已笑嘻嘻喊出了一声"姐夫!"我爸边向姨妈问好边在沙发上坐下来,很高兴地和姨妈说起了话儿。早就听我妈说过,我爸这个做姐夫的,向来对这个做小姨子的姨妈的印象不错。姨妈没结婚那会儿到我家来了,我爸常会像逗小妹妹一样和姨妈说玩笑话儿、玩扑克牌。姨妈在我爸面前也从不拘谨,一声声姐夫哥喊得脆亮亮的。

这时，我爸对姨妈说，你的孩子都大了，你也该好好歇歇了，没事常来城里住住、玩玩。我妈接过话头说，灵巧她呀，劳碌命哩，来了住一天两天就嚷着要走，她舍不下她的儿呀孙的！姨妈在我妈说话时，眼睛一直盯着我爸看，看着看着突然对我爸说，姐夫，你也快忙到头了吧？我爸笑着说，还早，还有几年忙哩。姨妈说，还有几年？你今年也该满60岁了呀！我爸愣了一下说，不，今年我56岁。姨妈眼睛眨也不眨地沉思了片刻说，姐夫，你自己一定记错了，我记得……我妈见姨妈多嘴多舌，一边给姨妈使眼色一边大声制止说，灵巧！姨妈一定是在很投入地回忆着什么，并没有理会我妈的一言一行，继续说，姐夫，我记得清清楚楚，你是1942年9月的，今年60岁了。我爸不吭声了。我下意识地看了看我爸的脸，那脸色突然变得阴沉沉的，很难看。我爸也不和谁招呼一声，就起身进卧室里去了。我爸刚关上卧室的门，我妈立刻没好气地大声呵斥姨妈说，你怎么一说起年龄来，记性就这么好？讨厌！

姨妈大概也觉察到了什么，打这以后，姨妈再没有到我家来过。

割稻子的父亲

旺老倌的儿子回来了。

儿子在城里当局长。和儿子同来的还有两个年轻人，一个是秘书，一个是办公室主任。

儿子说：爹，稻要几天才能割完？旺老倌说：三天。儿子指指秘书和办公室主任，说：加上我们三人，一天就能割完——双休日，我们特地来帮忙的。

上个月，旺老倌答应割了稻就进城跟儿子过。儿子说请人割吧，旺老倌说什么也不肯，说这是最后一次割稻了。

旺老倌的老伴去世后，他一个人守着乡下老屋，太孤单。儿子被唤醒时，屋里还黑咕隆咚的。

旺老倌把三顶草帽递给儿子，儿子看了看颜色灰暗的草帽，没接。旺老倌说：拿着，小心晒破头。儿子的手刚伸出又缩回去。旺老倌说：嫌脏？儿子指指秘书和办公室主任身边的编织袋，说：我们有。旺老倌生气地一扬手，三顶草帽飞到角落里。

太阳悬在无一丝云的空中，没有风。目不转睛的话，可以隐约看见地面上蒸腾着的缕缕热气。

儿子才割了五六米远就气喘吁吁了，他直起腰，发现父亲已把他拉下十多米远。他扭头看秘书和办公室主任，他俩早已满脸汗水，此时正直起腰，摘下宽边白色遮阳帽使劲扇风。儿子就说：歇歇吧。又大声喊：爹，快过来喝口水！旺老倌仍撅着屁股挥舞着镰刀，头也没抬。

旺老倌一直割完半块田才来到大榕树下。儿子急忙从编织袋里拿出一瓶矿泉水，旋开盖子递过去。旺老倌没接，他用汗味很重的毛巾擦了脸和脖子，然后从陶罐里倒出一碗大叶茶，一口气喝光后说：你那水好喝些？儿子说：好喝，不是普通的水，两块多一瓶。旺老倌咕哝：粮食比水贱。

儿子听父亲说话很冲，没敢再开口，默坐了一会儿，又挪回到秘书和办公室主任身边，说：这稻今天只怕割不完。

秘书赶忙说：局长您放心，等会儿我们努力干。

儿子说:只怪我爹脾气倔,几亩田,请几个民工一天就割完了,他偏不答应。

办公室主任赶紧说:局长,没关系,你爸爸都能干,我们……

儿子压低嗓门说:你能和他比?他干了一辈子,干惯了……儿子还要说下去,忽听父亲重重地干咳了一声,忙刹住话头。

旺老倌立起身,戴上草帽。秘书和办公室主任跟着站起来。儿子说:别忙,涂了防晒霜没有?秘书和办公室主任回答说:涂了。儿子又说:再多涂点,小心晒伤!嘴里要多含些人丹,小心中暑……啊,爹,您要人丹吗?

旺老倌把一只飞到脚边的蚱蜢狠狠踢了一脚,头也不回,大声说:城里人才是人!

秘书悄悄说:局长,您爹好像不高兴。

儿子说:没事,他就是这脾气,有口无心。

夜已经很深了。儿子躺在又闷又热的蚊帐里,睡了不到半个时辰就醒了。听见咳嗽声,才知道父亲还在门外纳凉。儿子走出门,说:爹,还不去睡?旺老倌闷闷地说:睡不着。儿子说:爹,晒谷、交粮的事您别担心,我跟隔壁的根叔说好了……明天上午割完稻,下午我们就可以进城。

旺老倌扬起手中的蒲扇,指着儿子,说:要他替我干?我自己干不好?儿子听出父亲话里有话,急了,说:爹,您这是……

旺老倌粗声粗气地说:我,我命贱!

黑暗中,儿子看不清爹脸上的表情,听口气,火气很大。

儿子的心里陡地有些发凉。

克隆一个慧

　　克隆一个慧是强的父亲的主意。

　　强失恋了。当仅仅和强认识不到一周时间的慧对强说声"拜拜"投入德洋公司总经理马胖子的怀抱后，强便跌入了痛苦的泥淖不能自拔。强不吃不喝，只几天时间，人就瘦了一圈。强的父亲劝儿子说，天涯何处无芳草，何苦吊死在一棵树上？强哭了，哭得很伤心，说我不能没有慧，没有慧我活着还有什么意思！强的父亲震惊了，他只有强这么一个儿子，他怕儿子想不开，便想到了新成立的恋人克隆公司。

　　恋人克隆公司的王总经理是个和强的父亲一样和善的老头，他带领强的父亲来到一间装饰豪华的大库房里说，我公司近期按照客户的要求克隆出的成品都在这儿。说罢走到操纵台上启动了设备，他每按动一下电钮，就从一扇黑漆漆的门内走出一个人来。强的父亲不禁看得呆了，嘀！全是风姿绰约的姑娘，简直令人眼花缭乱，浮想联翩。强的父亲说，贵公司的克隆技术真是不错。我想替儿子克隆一个叫慧的姑娘，要越快越好！王总经理说，最快也要一个月。强的父亲说，能不能再快点？王总经理说，不行！刚克隆出来的只是个乳臭未干的小女孩，就是给她服用超大剂量的催长素长成大姑娘也要一个月。强的父亲着急了，说，我儿子现在不吃不喝，等一个月早没命了。王总经理沉吟了一下，说，为解燃眉之急，能不能就在这些女人中间挑选一个，看有没有和慧长得很相像的姑娘。

强的父亲在库房里边走边看了几个来回，最后在一个姑娘面前站住了。这个姑娘身材匀称，眉目清秀，微微上翘的下巴透出一丝高傲，真是风情万种，举世无双。强的父亲终于明白了儿子对慧如痴如醉的原因。王总经理拍拍强的父亲的肩膀说，她和你儿子的女朋友慧长得相像吗？强的父亲抑制不住内心的喜悦，连声说，像是一个模子里生产出来的，相貌、身材、一颦一笑都百分之百像慧！王总经理摇摇头说，不过，这个姑娘不能给你买走。强的父亲急了，说，为什么呢？王总经理笑笑说，这是德洋公司总经理马胖子要我公司帮他克隆的，他马上就要来提货了。

提起马胖子，强的父亲顿时怒火中烧，就是这个有几个臭钱又喜欢玩女人的坏蛋夺走了他儿子的慧。强的父亲沉住气不动声色地说，马胖子有的是钱，身边的女人走马灯似的换，为什么还要克隆一个女人？王总经理说，马胖子最钟爱的一个女人在上周不辞而别，不知去向，马胖子十分舍不得。这个女人是我公司用马胖子找到的那个女人的一根头发丝克隆出来的。强的父亲发现了疑问，说，马胖子来克隆女人只要一周的时间，为什么我来却要一个月？王总经理说，马胖子付了高额费用，我公司首次为这个女人使用了刚从国外引进的最新产品——神速牌催长素。强的父亲心想，面前这个女人活生生就是儿子朝思暮想的慧呀，千万不能再让马胖子给弄走了。强的父亲马上说，我愿意付出比马胖子更高的费用，你们要多少钱？王总经理说，马胖子将付款十万元。强的父亲掏出支票，斩钉截铁地说，我立即付款十二万元！王总经理善解人意地笑笑说，好吧，我只得向马胖子道歉了，说用头发丝无法克隆出人来。

强的父亲领着克隆出来的慧来到儿子面前，强立刻生龙活虎起来。

然而,只过了几天,克隆的慧又对强说声"拜拜"便投入兴华公司董事长牛矮子的怀抱中。又过了几天,这个克隆的慧突然神秘失踪,牛矮子来到恋人克隆公司,愿意出巨资克隆一个慧。正当强旧病复发、茶饭不思而强的父亲又无可奈何之时,社会上传出了恋人克隆公司被查处的消息。

醉　话

德伟没别的爱好,就爱喝酒。早餐、午餐时不喝,只在晚餐时喝,不多不少,四两"德山大曲"下肚刚好。天天如此。

德伟有一天没喝酒,因为晚上科里要开会评选"优岗"。这是德伟被调到这个单位后第一次参加这样的会议,他很想评上"优岗"。凡在机关里蹲过的人都知道,在年底的"岗位责任制"个人考评中,评上了"优岗"就是当年的先进工作者,不仅有现金奖励,连续三年评上"优岗"者还可晋升一级工资。这可是人人都想的美事呵!德伟认为,虽是在业余时间开会也应该像上班一样不能喝酒,不能给同事留下不好的印象。

在进行自我总结时,同事们都大谈特谈自己的成绩,说得天花乱坠。说良心话,德伟干工作是兢兢业业的,他负责情况收集、数字统计,要么整天往基层跑,要么整天伏案抄抄写写,因此,报表总是比别人先弄出来。轮到德伟自我总结时,他想起了一位老领导的话:成绩不说跑不了,缺点不说不得了。德伟觉得这话很

实在，还挺有哲理。于是，他说了自己的工作成绩也说了自己的缺点和不足。他想，只有这样才能博得同事的好感，争取投票时获得更多的票数。然而结果令他失望，科里15个人他只得了3票。科长特地安抚德伟说，知道自己的缺点和不足是进步的开始，明年争取吧！德伟觉得很委屈。

转眼间一年过去了。这天晚餐时，当四两"德山大曲"下肚后，德伟才记起今晚要开会评选优岗。他有些后悔，骂自己道：怎么把这么大的事给忘了呢！但是喝下去的酒又不能吐出来，德伟赶紧漱口刷牙，又喝下一杯红糖水压压酒气。德伟自我总结时，吸取上次的教训，只说自己的成绩和优点，说自己如何如何努力工作，总是提前好几天完成工作任务，等等，如数家珍，讲得声情并茂。但在评议时，科长却说德伟几天闲着没事干是因为工作任务不饱满，同事也说德伟的工作太轻松自在。投票结果令德伟沮丧，票数还不到三分之一。经历两次失败，德伟有些沉不住气了，心想，这不是明摆着欺负新调来的人吗？他据理力争不说，还当场气急败坏讲别人的缺点，挑别人的毛病，说这个上班经常迟到，说那个把办公用纸拿回家……最后和科长及同事闹得面红耳赤也没能为自己争来"优岗"。从此，德伟不仅对评比失去了兴趣，甚至十分憎恨这样的评比了。

一晃又到年底了。这天下班前，当科长通知德伟晚上科里召开评比会时，德伟便想起了那不快的往事，在心里狠狠地骂了一句。晚饭时，心情不佳的德伟足足灌进了一瓶"德山大曲"。当他气喘如牛爬上五楼，头重脚轻走进小会议室时，老王正好讲完了个人总结，正静候同事们评议。

科长很不满意德伟的姗姗来迟，阴着脸说，德伟，你迟到了。迟到的先发言！

醉意朦胧的德伟不知有刁难之意,想也没想就说,老、老王是老、同志,没有功劳,也有苦劳,有病还能出、出满勤。我提名他、他为"优岗"候选人……老王工龄 20 多年了,因常闹病请假,从没评上过"优岗",连被人提名的机会也没有。虽说德伟言过其实,老王心里仍很感动。科长听德伟说话结结巴巴的,知道是喝多了讲酒话,但还是在记录本上记下了老王的名字。

接着是大李作个人总结。大李说完,科长刚想开口,就被德伟的话打断了。德伟打着酒嗝大声说,大、大李工作干、干得好,群众关系很、很、很不错。我提、提名他、他为"优岗"候选人……大李性情倔强,平时为一件小事也爱和人抬杠,群众关系紧张。工作没少干,但就是评不上"优岗"。虽说德伟夸大其词,大李还是感激地给德伟递上一支烟。科长皱了皱眉头,又在本子上写下了大李的名字。

紧接着,德伟又在抢先的发言中提名小袁、小钟、玲玲、葵葵……七个人为"优岗"候选人。科长对德伟言过其实的醉话大为不满,这样你好他好大家好的不是和稀泥吗?于是,科长对德伟说你多喝点开水,静静休息会儿,让大家都说说吧。德伟用血红的眼瞪着科长,手舞足蹈地说,我怎么不、不能说?是你、你要、要、要我先、先说的,我、我偏、偏要说……德伟一激动,酒劲陡地上来了,一屁股软在地板上。科长和几个同事连忙把德伟扶到隔壁办公室的沙发上躺下。

第二天,德伟从同事嘴里知道自己被评上"优岗"了,而且得票数最多。

寻常故事

昨天傍晚，一位年过六旬的老太太在马路的慢车道上散步时，被从身后驶来的出租车杵了一下。因为出租车车速不快且刹车及时，所以老太太倒地后没有伤筋动骨，只是手掌擦破了一点儿皮。老太太斥责司机说，你怎么开的车，违章进慢车道还撞人！司机自知理亏，却不认错，反问道，你应走人行道，怎么走到慢车道上来了！老太太恼怒地说，人行道上摆满了摊担，怎么走？司机嘻嘻一笑说，这就怪不得我了。话音未落，出租车吱地一溜烟跑了。老太太回去把遭遇告诉了儿子。儿子很气愤。老太太的儿子不是普通市民，而是县电视台分管新闻宣传的饶副台长。

饶副台长第二天一上班就找来负责城管方面报道的符记者。饶副台长本想说说母亲的遭遇，但他终于没说。他说，小符，近来城管工作开展得如何？

符记者说，不尽人意，不容乐观。车辆不各行其道，乱停乱靠乱窜，交通警察视而不见；人行道成了集贸市场，工商局睁一只眼闭一只眼；还有……

饶副台长问，市民对此有何看法？

符记者说，市民怨声载道，说如今职能部门太不像话，该管的事不愿去管，只知道收费收钱……

饶副台长没等符记者说完，气咻咻道，我们要发挥新闻舆论监督作用，你把这事采访报道一下。

符记者说,过去多次采访报道过,只是没什么效果。

饶副台长说,你认为症结在哪?

符记者耸耸肩说,过去的报道不关痛痒,老是说希望有关部门引起重视,结果是与谁都无关,谁也不重视。

饶副台长会心地一笑说,对,说到点子上了。问题出在"有关部门"这个笼统的提法上。这次要改变,曝光要实打实,要点交通警察的名,要点工商局的名!

符记者是很有社会责任感的人,过去在宣传报道中总有力不从心之感。见饶副台长拍板,便信心十足扛着摄影机上街了。

符记者走大街串小巷,采访很细致很深入。他拍摄到了繁华的大街上交通堵塞的情景,拍摄到了商贩占道经营、以路为市的场面,还现场采访了市民,录下了他们义愤填膺的声音……

符记者是快笔头,很快写好了新闻解说词。饶副台长看罢解说词,连连称赞说,写得好!观点鲜明,有理有据,一针见血刺中了交通警察、工商局的要害,足以让他们警醒。饶副台长正要举笔签发此稿,忽见广告部 A 主任风风火火跨进门来。

A 主任说,饶台长,工商局来人了,说我们播出的药品广告违反了《广告法》,说不能利用患者的嘴宣传药物的治疗效果如何如何。

饶副台长说,删除这方面的内容嘛。

A 主任说,那哪行,是客户制作提供的录像带,客户要求原版播放。

饶副台长说,那就停播。

A 主任说,八万元广告费不就飞了?再说工商局还说要按章罚款。

饶副台长语塞了,办公桌上的电话却咕咕响起来。

电话是交警大队李队长打来的。李队长说,饶兄呀,听民警反映,刚刚电视台记者上街拍了交通堵塞的镜头,如果用在电视剧中倒也罢了,如果拍的是新闻,那就播放不得,请高抬贵手。李大队长还通报说,县广播电视系统汽车安全联组将被评为全县先进汽车安全联组,提前向贵台表示祝贺……

饶副台长放下电话时脸色很难看。

一直坐在饶副台长对面沙发上等候的符记者问,这条新闻还发不发?

饶副台长提笔在稿纸上划拉了一阵,说,怎么不发?照发!

符记者接过解说词一看,除多处被删节外,凡是有"工商""交警"字眼的地方都被改写成了"有关部门"四个字。

看文件

S局有许许多多文件,大多是市里各部门各单位寄来的,还有不少是局里自己的。

S局郝局长很重视这些文件,除安排专人分门别类妥善保管外,有些文件,局领导看后,还规定各科室负责人也必须看。科室负责人看过两回后,提出异议:这些《工商信息》《供水简报》《公路养护》《棉花培管》等和我们的工作毫不相干呀!

郝局长正色说,文件印出来发下来就是给人看的,大家必须看,看后还要在每份文件的传阅卡上签名,列入考核,与奖金挂钩。于是,科室负责人也养成了看文件的习惯,一旦得知来了新的文件,必定抽空去翻阅。

但也有例外,行政科龚科长不爱看文件。郝局长发现这一情况后,找到龚科长,说:小龚,你怎么不去看文件?

龚科长回答说:局长,我哪有时间呀?下水道堵塞了,要去请管道工疏通;锅炉房煤炭烧不了两天了,要联系货车去拖煤炭;还有……

郝局长厉声打断龚科长的话,说:再忙也要看文件!不看文件,不了解上级精神,两眼一抹黑,怎能搞好工作?

龚科长忙说:我看,我会看的。

郝局长嘱咐说:看了文件,别忘了在文件传阅卡上签上名字,我要检查的!

过了几天,S局又收到了文件,郝局长因要去省城开会,指示局办公室通知科室负责人先看。郝局长回局后,见一份份文件的传阅卡上已签上密密麻麻的名字,心里十分高兴。但郝局长仔细一查看,脸倏地阴了下来,他发现这些传阅卡上唯独没有龚科长的名字。

郝局长立刻把龚科长叫到办公室,皱着眉说:小龚,你怎么又不看文件?

龚科长急忙解释说:局长,我实在是抽不出空来。冬天到了,这几天我正挨家挨户为退休职工送烤火煤,下午我又要为职工去液化气站灌气……

郝局长没好气地说:别尽讲客观原因,你要明白,看文件也是一种政治待遇,这文件一般群众想看还不让看呢!

龚科长有些感动了,说:局长放心吧,我会看的。

郝局长顺手拿起办公桌上的一叠文件,余气未消地说:你看,这些文件,该看的人都看了,都签了名,就你没看,就没有你的签

名！你工作忙,这是事实,难道别人都是吃闲饭的？

龚科长尴尬地笑笑说:局长,忙完这阵子,我一定抽空看。

郝局长把一叠文件递给龚科长,说:你别想走,现在就看！

龚科长便认真地看起文件来,他每看完一份就在传阅卡上签上名字。

突然,龚科长惊住了,他发现有一份文件,大概是印刷厂的疏忽,其中有四页纸竟是连在一起的,还没有被裁剪开,根本无法看到里面的内容,而传阅卡上却签满了名字。龚科长想把这个发现告诉郝局长,但他又看见郝局长的大名也赫然写在传阅卡上,便急忙把已到嘴边的话咽了回去。

由　头

一天,M局给干部职工每人分了一篓苹果。办公室黄主任想到了支援铁路建设的小李和小涂,问米局长咋办。米局长说,当然照样分一篓嘛。黄主任说小李、小涂都是单身汉,家也不在本市,等他俩回来,苹果不全烂了？米局长说那就派辆车给他俩送去。黄主任说路程有四百公里呢！米局长琢磨了片刻,忽然起身走到挂在墙上的地图前,用手指在地图上比画了几下后说,干脆这样吧,由我带队,组成慰问团。这也体现对小李、小涂的关怀和对铁路建设的支持嘛,你说是不是？黄主任在米局长面前一贯是言听计从,忙连声说是。随即又问道,慰问团都有哪些成员？米局长想也没想就说,各科室去一名科长,就这样定了,明天就启程。

黄主任通知各科室时,有些科长嫌路程远,又是去偏僻的铁路工地,觉得没多大意思,便推托说手头事情多,不想去。黄主任只得向米局长汇报,米局长表情严肃地说,告诉他们,都得去,不去到时候别又说后悔话!

黄主任刚出门,又被米局长叫住了。米局长说路途遥远,天气炎热,还要准备一些东西,比如矿泉水、太阳帽,还有防暑药品什么的。

黄主任说,我通知他们自备就是了。

米局长连忙说,不!这是局里组织的慰问活动,就由局里开支吧。

第二天,由米局长率领的慰问团一行9人风尘仆仆赶到铁路工地时,已近黄昏时分。小李、小涂收到苹果,十分感动,表示要努力工作,不给局里丢脸。小李、小涂还遗憾地说,铁路工地条件差,没有招待所,不然在这儿住上一晚,明天可到工地参观参观,看看山区景色。

米局长一边对小李、小涂说些勉励之类的话,一边环顾荒凉的山峦和冷寂的铁路工地,然后对黄主任说,我们往回赶吧。

丰田面包车刚驶出铁路工地,有几个科长就嘀咕开了,哎!真没劲!黄主任也沉不住气了,忙问米局长,我们连夜回城?米局长笑了笑,然后对司机说,到三岔路口时向左拐,往花岩溪旅游度假区开。

花岩溪旅游度假区虽是近几年才开发的,但它的湖光山色闻名遐迩,是省级旅游度假区。米局长接着对大伙说,平时,大家都很忙,这次来慰问小李、小涂,顺路到旅游度假区开开眼界,轻松轻松。

黄主任茅塞顿开地"哦"了一声,一度很沉闷的车厢里顿时充满了谈笑声。

花岩溪宾馆的晚餐很丰盛,慰问团一行9人还品尝到了只有深山里才有的岩蛙和猴头香菇;第二天又游览了仙人阁,攀登了情人峰,还乘游艇漫游了夫妻湖……一个个玩得十分尽兴,乐而忘返。

回到局里,黄主任向米局长汇报说,此行光就餐费就花了2160元,每人应交伙食费240元……

米局长不耐烦地说,早对你说过了,这是局里组织的慰问活动,一切费用都由公家开支,并按人头给予出差补助费。

几天后,M局编印的《工作简报》在显著位置上刊发了一则消息,标题是《米局长带头深入基层,冒酷暑慰问支铁职工》。

神奇的桌缝

蔡小海一来工商所就发现他的办公桌与众不同:别人的办公桌崭新的,光亮的油漆可照见人影儿;他的办公桌,油漆斑斑驳驳不说,还有一条食指宽的缝隙把桌面分成了两半。蔡小海自恃是局长介绍来的,毫无顾忌地嘟哝道:"这桌子的年岁只怕比我还大。"这话被所长听见了,所长说:"将就用几天吧,以后给你换张新的。"

蔡小海虽初来乍到,却有点儿权。个体工商户办理营业执照或缴纳工商管理费,都得找他。蔡小海嗜烟,来办事的人见了,都给他敬烟。烟都是"红塔山""芙蓉王"等好牌子的。常常是嘴上的烟还燃着,手里的烟又递过来了。桌上的散烟很多,蔡小海不停地抽也抽不完。所里其他人见了,便拿去抽。蔡小海觉得怪可惜的。

有天,一支烟被电扇一吹,竟骨碌碌滚入桌缝。这一发现令蔡小海很高兴。之后,桌上只要有了烟,他就趁人不注意,用手指轻轻一拨,一支支烟便不显山不显水钻入桌缝落到抽屉里。下班后,蔡小海把散烟装入空烟盒,带回家去,便不用花钱买烟了。有几回,蔡小海发现抽屉里除了散烟,还有舞票、电影票和购物优惠券等。想是个体户趁他不在从桌缝塞进去的。蔡小海常常注视着长长的桌缝,觉得它妙不可言。

过了两个月,所长才想起换桌子的事,他说:"小蔡,给你换张新办公桌,我陪你去商店挑选。"

蔡小海连忙说,不用了。

所长说,早该换了。

蔡小海说,真的不用了。

所长笑笑说,莫不是换迟了,不高兴?

蔡小海说,旧桌子一样用,蛮好的。

所长想了想,满意地笑了。

蔡小海来工商所不到半年,年终评比时,被破例评上先进工作者。所长特地表扬了蔡小海,还反复提到办公桌的事,要求大家学习蔡小海勤俭节约的好作风。

春节前夕,工商所筹资兴建的水果批发市场建成了。市场离车站、码头都很近,是经商的黄金地段,摊位紧俏。一天,一个个体户来到蔡小海桌前,把两盒"芙蓉王"啪地丢在桌上,说,抽烟。蔡小海说,别这样。来人说,一支支敬也是抽嘛!这人常来交工

商管理费,蔡小海犹豫了一下,就把烟收下了。来人说,我想买个摊位。蔡小海便带他去找所长,所长二话没说就答应了。

这个个体户很是感激,以后每次来工商所办事,都要在蔡小海桌上放一包好烟。其他个体户见了,也跟着学。蔡小海一推辞,他们就不屑地说,如今抽包烟算多大的事呀!蔡小海心想也是。

蔡小海的烟真的抽不完了,便带回家给父亲抽。虽然办公桌上偶尔也会有几支散烟,但他已不屑一顾了。

蔡小海和管区的许多个体户混熟了,个体户常开玩笑说,蔡同志,你真勤俭呀,还用这样的破办公桌。蔡小海不以为然,笑着回敬说,破桌子上还不照样开发票,收你们的钱!个体户又说,要不,我们赞助你一张新桌子。这样的话听得一多,蔡小海便觉得这破桌子是该换了,再看那条龇牙咧嘴的桌缝,也怪扎人眼睛的。于是,蔡小海找到所长,说桌子越来越不平,影响写字,终于把桌子换成了新的。

一天,所长从局里带回来两个不大不小的镜框,挂在两个办公室当面的墙上,镜框里是"十不准"规定。"十不准"是用黑体字写的,十分醒目,像监督岗哨注视着每个人。

蔡小海心想那一盒盒好烟是再也拿不得了。一包好烟值十几元或二十几元呢。个体户都贼精的,几次给蔡小海整盒烟都被拒绝后,才知是工商干部整顿作风动了真格,便也不给蔡小海添麻烦了。

于是,蔡小海的办公桌上又只有横七竖八的散烟了。一时抽不完的散烟只能趁无人时,一支一支捡进抽屉里。一天,蔡小海往抽屉里放烟时,碰巧被那个找他买过摊位的个体户看见了,蔡小海脸上顿时一热,觉得十分尴尬和丢人。

望着油漆光可鉴人的新办公桌,蔡小海真希望那上面生出一道缝来。

钱多天桥

B县的这条马路原是一条国道。当初它只是从城郊经过,随着城市的发展,过去的城郊已成了现在的县城中心区,于是国道便变得穿城而过了。穿城而过的国道虽然给B县带来了繁华和气派,但川流不息的车辆也给B县带来了麻烦,尤其是国道与B县蝴蝶路交叉的十字路口,虽设了交通岗亭,但仍是车祸不断,且大多是市民抢道横路所致。于是便有市民投书县政府,希望能在十字路口架设行人过街天桥。

县政府对市民的建议非常重视,指示建设局尽快拿出方案来。建设局经过一阵忙碌,很快把设计图纸和工程预算报到了县政府。分管城市建设的凹副县长看了设计图纸高兴地说:环形天桥有气派,很漂亮!看了工程预算后,却紧锁眉头对建设局长说:100万,县里哪有这笔钱!能不能把预算减到50万?建设局长说:这环形天桥都是钢架结构,50万买钢材都不够。凹副县长说:50万我还得想办法东挪西借才行,难呵!建设局长说:这天桥还修不修呢?凹副县长说:怎么不修?只是县里财政紧张,拿不出这笔钱来。我再与县里其他领导研究一下吧。有结果了再告诉你。

转眼过去了半年。一天,建设局长在一个会议上遇到了凹副

县长,顺便问了一下修建天桥的事。凹副县长说,你急我更急!只是钱还没有着落,急也无用。

又过了两个月。一天,县电视台播发了蝴蝶路口发生重大交通事故的新闻,一名放学回家的小学生因为抢道过国道被车轮辗掉了双腿。一石激起千重浪,又有许多市民投书县政府,希望尽快修建行人过街天桥。

人命关天。凹副县长坐不住了,连夜召集建设局等有关部门负责人开会,研究落实修建天桥的资金问题。在综合了大家的意见后,凹副县长提出了"引进外资修建天桥"的方案,这一方案立即得到了大家的一致赞同。

第二天,县电视台播出了"引进外资修建天桥"的公告。令人意想不到的是,驻 B 县的香港 QQ 房产开发公司的总经理钱多立即表示:无偿捐资 100 万修建环形天桥。

说起钱多这个人,县里的市民无人不晓。钱多正如他的名字一样,这些年来确实赚了许多钱。钱多有了钱却不吝啬,不仅 5 次向福利院捐款,还资助了 5 名贫困女学生上大学。县电视台对他的义举进行了多次报道,因此钱多在市民中口碑极好。

有钱好办事。经过半年的紧张施工,一座气势雄伟的环形天桥建成了。市民不仅可以安安全全地横跨国道,油漆成乳白色的环形天桥也成了县城的一道亮丽风景。县里为表彰钱多的义举,特地以钱多的名字命名该桥为"钱多天桥",不锈钢制作的"钱多天桥"大字,醒目地铆在桥梁上。钱多自然成了轰动四方的新闻人物。

光阴荏苒,转瞬就过去了三年。三年里全国各地发生了许多事情,B 县最引人注目的事情是钱多翻了船。前些年,钱多以香港 QQ 房产开发公司的名义,以虚假资产做钓饵,先后骗取 B 县银行贷款数千万元。为掩人耳目,除拿出少量贷款沽名钓誉,用于捐赠或扶贫外,其余大量贷款几乎潇洒地挥霍一空。钱多最终因诈骗罪被判刑20年。

钱多虽蹲了监狱,但钱多天桥却仍在为市民的安全服务。后来,有市民投书县里提出质疑:这钱多天桥怎么能说是钱多出钱修的呢?凹副县长看了市民的来信很高兴,因为市民的意见与他的想法不谋而合。过了几天,钱多天桥下面来了几个工人,他们把"钱多天桥"四个字撬掉了,换上了重新用不锈钢制作的"蝴蝶天桥"四个大字。为了加深市民的印象,县电视台还播出了关于钱多天桥更名的公告。

一天,凹副县长在翻阅建设局刚送来的一份简报时,发现文中多处出现"钱多天桥"的字眼,立即打电话问建设局长简报中的地点是不是写错了。建设局长说,没错,下水道改造工程是从钱多大桥以北开始的。凹副县长没好气地说,怎么没错?一年前就改名字了,是"蝴蝶天桥"!建设局长连忙说,对,对!是蝴蝶天桥。对不起!那个名字办公室的人叫习惯了,我审稿时也没看出来……

这天,凹副县长回家刚进门,读初中的女儿就迎上来说,爸,我放学回来,看见一辆出租车和一辆货车撞上了……凹副县长随口问道,在哪里?女儿说,我在钱多天桥上看到的。凹副县长先是一愣,随即在心里骂道:又是"钱多天桥"!

意　外

他每天时不时站在阳台上往巷口张望一阵子,看有没有熟人来。

半年前,他还是局里唯一能呼风唤雨的人,转眼间就成了什么也不是的闲人。闲久了,便很寂寞。他盼望有人来和他说说话儿。

这天,他看见林从巷口走来了。

他想,林一定是来看他的。他在位时,林哪天不围着他转来转去?林很尊敬他,对他言听计从,事无巨细都向他请示汇报。林也是他的好参谋。那年局里福利分房,只有副科级以上职务的人才有份,他想给为他开小车多年的司机弄一套房,但怎么也找不到合适的理由。林心有灵犀,说给司机提个副科长不就行了?一句话为他解了忧。后来,是他一手提拔林当了办公室主任。

他正高兴着,林却拐进另一幢楼房。他知道那里住着新来的局长。

他每天仍时不时站在阳台上往巷口张望。

一天,他看见了哲。

他想,哲一定是来看他的。他在位时,哲很亲近他,他家里换液化气时都是哲把那沉甸甸的铁罐扛上扛下。哲很大方,见了他五岁的孙子总要买这买那的。尤其是他那次偶感风寒住院时,哲更是不离左右,悉心照顾。后来,是他一手提拔哲当了人事科长。

没料到哲也拐进了另一幢楼房。

他61岁生日那天,他忽然想起了强、勇、芬等好多人。他想,他们一定会来看他的。不说别的,他的生日他自己都记不住而他们却每年都没忘……

这次,他又失望了。

他有很多日子不去阳台了。在房里走来走去走累了就躺在床上蒙头大睡。

一天,他正在床上胡思乱想,忽听有敲门声。他想又是老婆忘了带钥匙,开门一看,竟是小甘。他不喜欢小甘。在他的心目中,小甘是个泼皮无赖。小甘为了调换工种曾多次深更半夜敲响他家的门,使一家人从睡梦中惊醒;小甘还准时在吃饭时间闯入他家软磨硬缠,害得全家人吃山珍海味都没有胃口。

你来干什么?他疑惑地盯着小甘。他不知道小甘葫芦里卖的什么药。

局长,我特地来看您的。

听到"局长"二字,他脸上陡地火辣辣地发烫,好像被小甘扇了一巴掌。

你来干什么?他的态度很不友好,他认为小甘是在取笑他。

小甘把两包茶叶放在茶几上,说,我家里自产的,您最喜欢喝茶的。

你这是干什么?别这样……他一头雾水,不知道这是怎么回事。

小甘说,我上个月结婚了,不是您帮我调换工种她早就和我吹了。

别这么说,别这么说……他心里像打翻了五味瓶,有种说不出的滋味。

在随后的日子里,竟隔三岔五有人来看他。有没有分到住房的老赵,有老评不上先进的王胖子,还有曾朝他骂娘的小耿……

他很受感动。他好像明白了什么,又好像什么也不明白。

纳　闷

听到局里要组织离退休人员去旅游的消息,老洪不由得喜上眉梢。

老洪是水电维修工。这个局二百号人,撇开公家的事儿不说,单是私家的事就够他忙活的,张家的水龙头漏水、李家的电灯不亮等五花八门的事,他都得随喊随到去处理,工作起来没有白天黑夜,没有年节假日。他老伴常说他:你这一辈子都交给公家了。老洪心想也是,除了偶尔上街购买零配件,连局大门都很少出。

老洪赶忙向工会主席打听是去哪里。工会主席说反正是全国著名的风景旅游区,具体去哪儿还没有确定,正在征求大家的意见。老洪微笑地望着工会主席,等候工会主席问他一句你想去哪里。但工会主席始终没问。老洪这才明白,工会主席说的征求意见主要是征求老领导们的意见。老洪想,自己是离退休人员中唯一的一名工人,人微言轻嘛。老洪又宽慰地想,不征求我的意见也没什么,到时候他们去哪儿我跟着去哪儿就行。

老洪把要出去旅游的事对老伴说了,老伴高兴地问去哪儿。老洪说还没有定下来,可能去峨眉山,也可能去庐山或是井冈山,都是全国著名的风景区呢。老伴说,这要花费好多钱哩。老洪说,工会主席说是公费的,自己不用出钱。老伴见老洪喜滋滋的,也跟着乐了,说,想不到你这辈子也开回洋荤,免费旅游了。老洪忽然想到老伴一辈子也没有出过远门,就说,嗨,刚才忘了,我再去问问,看可不可以带家属?也好让你开开洋荤呀。

老洪又去找工会主席,工会主席说旅游是离退休人员的一种待遇,不是谁想去就能去的。老洪说我想带老伴去,出点钱行不行?工会主席说不行,说车子小,老领导又多,不能太挤。老洪回到家里无奈地摇摇头,老伴便懂了,说,我去了你还要操一份心照顾我,就是能去我也不去了,让你一个人轻轻松松、开开心心地玩吧。

一天傍晚,老洪去散步,迎面走来老局长和老书记。老洪想向老领导打听打听旅游的消息,还没来得及开口,老局长先打招呼说,老洪,这次想去哪儿旅游啊?老洪觉得他不便回答这个问题,就说,老局长您想去哪儿呢?老局长也不说去哪儿旅游,只是见多识广地说,老洪,去庐山看看吧,毛主席上庐山住过,林彪上庐山住过,蒋介石也上庐山住过,那里的奇峰秀石、流泉飞瀑非常迷人……老书记也插话说,老洪,告诉你,去峨眉山也不错……老洪忙问,风景好吗?老书记眉飞色舞地说,好,好!天下秀,低首让峨眉嘛。峨眉山不仅是国内海拔最高的世界自然和文化遗产地,还是中国四大佛教名山之一,真是美不胜收,顺路还可以看看乐山大佛……老洪听得眉开眼笑。

时间一天天过去了,老洪还没有听到关于旅游的确切消息。老伴早已给他准备好了行装:新买了旅行包、旅游鞋、折叠伞,还悄悄在包里塞了五包老洪从来没有吸过的"芙蓉王"香烟。

老洪是在对旅游的期待和渴望中度过每一天的。这天,老洪再也坐不住了,他急不可待地去工会向工会主席打听旅游的事,工会主席的回答着实让老洪大吃一惊。因为老领导都不想去了,这次旅游活动已被取消。

老洪十分纳闷:干吗不想去呢？自己又不用花钱……

计　谋

　　太阳涨红着脸很不情愿地快入土的时候,王安石才回到"半山园"。在离住所还有百十步时,王安石叫声"停",就俯下身子从驴背上往下滑,牵驴的小卒忙伸手去搀扶,王安石早稳稳站在地上,吩咐说,把驴喂饱,说不定明天我还要出游。

　　牵卒说,老爷,骑驴辛苦,明日改乘轿子吧。

　　王安石摇摇头说,以人代畜,我不自在。

　　王安石对变法运动心灰意冷,要求皇帝赵顼罢免了他的宰相职务,自己又辞掉"判江宁府"官衔,搬出知府衙门已有三月有余。"半山园"是王安石给他的新居处所起的名字,虽然只有几间陋屋、一个小水塘和一些新栽的还长得不十分茂盛的树木,但王安石已颇为满意了。这里没有朝廷的钩心斗角尔虞我诈,没有衙门的繁杂琐事无端纷争,既清静又清闲。只要天气晴朗,他便骑驴到江宁附近各地游憩,每每流连忘返。

　　王安石活动了一下在驴背上颠得有些酸胀的腿脚,踱着小步穿过小径,正欲跨上石阶进屋,夫人吴氏迎了出来,既心疼又抱怨地说,像丢了魂儿似的,整天在外面跑,累不累啊？

王安石匆匆提衫迈过门槛,马上朝厢房里扫了一眼,随即没精打采地说,我饿了!

吴氏说,看你,灰头土脸一身臭汗!热水已备好,先洗浴再吃饭。

王安石说,先吃饭后洗浴吧。

吴氏哑然一笑,知夫莫过妻,心想今晚王安石又不会洗漱洗澡了。

熟悉王安石和吴氏的人都说他俩是阴差阳错配歪了对子。王安石生性邋遢,不修边幅。虽官至宰相,却经常不洗脸不沐浴,没事还不停地挠痒痒,因为他满是污垢的衣衫里藏有虱子。吴氏却是个有洁癖的女人,无论寒暑,她每晚就寝前必定温水沐浴,还要王安石效仿,虽王安石屡不配合,她也不烦不恼。等到第二天王安石出门理事,她必将被褥统统换掉洗濯个干净。

吃过晚饭,吴氏亲手给王安石沏上一杯绿茶,坐在桌对面柔声说,明天还出游吗?

王安石抿了口茶汁,用眼角的余光瞟了瞟置于厢房的藤床,轻皱眉头说,要去。

吴氏说,在家歇息两日吧。差役总是趁你不在到家里来,执意要搬走藤床。你在家,他们哪敢放肆!

藤床本是江宁府内公物。王安石第二次罢相后从开封回到江宁府居住时,吴氏见府中的藤床编织工艺精细,藤条粗细均匀,色泽柔和,花纹爽目,夏日用来纳凉、平日用来小憩都是绝妙之物,便借来供自己专用。王安石举家搬出江宁府时,吴氏又悄悄把藤床运到了"半山园"。

王安石又抿了一口茶,眯缝着眼慢条斯理地说,府上规矩,有借有还。搬家时我就要你送回去,你不听,倒让差役上门来讨了。

吴氏见王安石不帮自己说话,使起小性子来,说,不就是小小一张藤床吗,差役讨要又怎么着?我偏不给!

王安石从不与吴氏顶嘴,只顾一口接着一口地饮茶。过了一会儿,他伸展双臂,打了个呵欠,懒懒地说,我困了。

吴氏历来对王安石体贴有加,王安石决定要做的事她从不阻拦,故连忙起身说,你明日还要出游,早点歇息也好,我去给你铺被子。

这晚,王安石翻来覆去睡不安稳,鸡叫头遍才迷迷糊糊睡去,醒来时,吴氏已不在身边,太阳也快晒到房顶了。王安石刚掀开帐幔,吴氏便上前问道,牵卒来过几回了,问你今天出游否。

王安石伸了个懒腰,说,今天不去了。

吴氏脸上立时绽出笑容,悦声说,正好。这些日子我闷得慌,今日想去定林寺拜佛烧香。你在家里给我对付那几个差役吧。

定林寺离"半山园"并不远,中午时分,吴氏在贴身使女的陪伴下乘着小轿回来了。吴氏惦记着她的藤床,进门就喊道,安石,安石,差役来过吗?然而,连喊几声,都不闻应答。吴氏急忙走进厢房,眼前的一幕让她惊呆了:只见王安石身着脏衣裳光着黑脚丫躺在藤床上,正鼾声如雷。吴氏情不自禁大叫一声,糟糕!

王安石被夫人吵醒,翻身坐起,微嗔道,睡得正香,为何吵我?

吴氏说,今天差役可曾来过?

王安石一本正经地说,我睡在藤床上,谁敢来索要!

吴氏苦笑着说,好心办坏事,你把我的藤床弄脏了。

王安石慌忙跳下床,一拍脑袋,说,哎呀,我忘了!仔细擦洗一下吧。

吴氏很沮丧,心想,藤床上全是缝缝隙隙的,里面藏进了虱子,怕是难以弄干净了。于是十分惋惜地说,藤床我不要了,差人把它送回官府吧。

王安石心里暗暗地乐。

吴氏永远也不会知道,差役索要藤床是因王安石授意而为,王安石弄脏夫人心爱的藤床也是无奈之举。

鳝鱼风波

A报《大千世界》栏目的编辑刚上班就收到一篇题为《S市雨后出现奇观:阴沟涌出无数鳝鱼》的传真稿,看后,他情不自禁地说,好,好稿!这些年来,他编发过《五条腿的青蛙》《双头银环蛇》《会编织英文字母的蜘蛛》《千年枯树发新枝》等许多令人啧啧称奇的社会新闻,广受读者好评。他立即签上初审意见,马上呈送给主任二审。

主任也被这篇稿子吸引住了:S市昨日后半夜突然电闪雷鸣,暴雨倾盆。城内一小巷内的居民早上一开门,都惊喜异常:巷道的积水中,到处是鲜活的鳝鱼。于是都争先恐后提桶端盆去捕捉,少则十多斤,多则二三十斤。开始人们以为鳝鱼是从天而降的,后发现道旁几个阴沟入水口正不断往外冒水,鳝鱼就是从那儿涌出来的……

主任说,有味有味!再打电话核实一下。

编辑忙说,作者小B是S市团委宣传干事,老通讯员了,绝对不会杜撰假新闻。

主任信任地看一眼部下,在稿签上写道:"不错。请老总

审定。"

老总阅后大笔一挥:新奇有趣,今天见报。

一石激起千重浪。《S市雨后出现奇观:阴沟涌出无数鳝鱼》见报后,激起了读者的极大兴趣,公交车上,办公室里,人们都在谈论此事。各售报亭都说这天的报纸十分抢手。消息像长了翅膀,还引起了省内外水产科研部门的重视,不断有专家、教授打电话到报社询问情况。紧接着,A报不惜多用版面,连续刊登了多篇观点各异的理论文章。

资深水产专家M撰文说:鳝鱼肉质鲜美,营养丰富,但目前市场上的鳝鱼都是农民到水田和河湖港汊捕捉的,其数量远远不能满足市场需求,而鳝鱼人工养殖当前在国内还是空白。S市小巷阴沟里出现大量鳝鱼,说明城市阴沟具有鳝鱼生存的良好环境和条件,用阴沟养殖鳝鱼大有可为,前景广阔……

年轻的水产教授W立即撰写文章反驳说:利用阴沟养殖鳝鱼虽有节约土地和提高鳝鱼产量等优点,但阴沟毕竟是藏污纳垢之地,这里面生长的鳝鱼也必然受到各种有害物质的污染,从维护人类健康的角度来衡量,阴沟养殖鳝鱼是不宜推广的……

水产专家、教授们各执己见,针锋相对,一时难有结论。A报认为,借此机会探讨发展养殖业新路,实乃一桩大事,当即决定:在S市召开一次现场研讨会,论个孰是孰非。

这天,近二十位水产专家、教授云集风景秀丽的S市。

前几天,报社就几次打电话到S市团委找小B,希望他能作为特邀代表出席会议,但总找不到人。现场研讨会召开前两小时,报社又拨通了小B的电话,这回是小B接的。小B说,我很忙,不过下午看现场时我一定到现场等你们。

上午的会上,专家、教授们仍固执己见,针锋相对,会议一度陷入僵局。又是报社提议:下午先到小巷去看看,进行实地考察后再议。大家纷纷表示赞同。

专家、教授们来到小巷,发现小巷地势低洼,行人从主街道进入小巷,先要走下一段近 50 米长的陡坡。水往低处流,暴雨时,主街道阴沟的水流入小巷阴沟,再从阴沟入水口冒出来实属必然了。

年轻的水产教授 W 一直对阴沟养殖鳝鱼持有异议,为使自己的理论更具说服力,他仍在不停地思索,此时他想:S 市地处江南,夏季一定会有多次暴雨,鳝鱼从阴沟入水口涌出的情形应该不会是仅此一次吧。他向一位老人打听。老人眯眼一笑说,荒唐!哪有这等好事?W 教授忙问何故。老人的回答令 W 教授大为吃惊。

资深水产专家 M 走访了多户居民,结果同样令他吃惊不小。

原来,主街道上有家水产品收购公司,那几天收购了大量鳝鱼,暂养在后院天井的数口大水缸里,暴雨导致缸水满溢,受雷电惊吓的鳝鱼乘机纷纷溜出水缸,而天井里又有水沟直通小巷阴沟……

直到专家、教授们考察完毕,垂头丧气地往回走时,大家也没有见到小 B 的身影。

帮儿子写情书

儿子这几天有点反常,下班回家后就把自己关在卧室里,不知在忙些什么。我问他他也不吭声。我觉得其中必有蹊跷,悄悄往门缝里看,儿子正趴在桌子上写着什么,写得很不顺当,写了撕撕了又写。我想,儿子写得这么耐心这么认真,是不是写情书呢?儿子已24岁了,正是恋爱的年龄,只是如今恋爱讲究"刺刀见红"面对面地接触和交流,还来我们当父母的六七十年代的那套干吗?我又想,采取写信的方式,女孩一定是外地的了。再一想,也觉得不对,如今通讯方式先进得很,在电话里交流也很及时很亲切呀!我想来想去觉得不对劲,只得吃饭的时候询问儿子了。儿子见我逼问得紧,才告诉我说他出差时喜欢上了邻县新华书店的一个女孩,除了买书时的一次面对面外,女孩根本不知道他是谁。他是偶尔听到有人喊女孩叫小英,又从装书的塑料袋上知道了书店的电话号码,才主动和女孩在电话里认识的。儿子很内向,能走到这一步已很不容易了。一次,女孩对他说,你不能给我写封情书吗?儿子对她说,我俩见个面才是当务之急,写情书干吗?女孩说,我妈说情书是展现男孩各方面才干的最好舞台。女孩的母亲想看看未来女婿的学识水平,这个要求也不算过分。儿子没法,只得绞尽脑汁给女孩写情书。知子莫若父,儿子的语文功底很一般,要想写出文采飞扬、情意缠绵、打动人心的情书,实在是难为他了。

我只有这么一个儿子。妻子去世得早,是我一把屎一把尿把儿子抚养大的。如今儿子有了困难,我这个当作家的父亲不能坐视不管。我读初中时作文就是全校最棒的。我的初恋也是用写情书的方式进行的。读高三时,我喜欢上了低一年级的一个女生虹,虹是学校的文艺尖子,新疆舞跳得令人沉醉。虽然我不敢在情书上署上我的名字,但我猜想我的情书肯定打动了虹,因为第二天我看见虹的眼圈红红的,还有些浮肿,一定哭过,而且哭得很厉害。我之所以这样想是因为我读过许多小说,小说中的女孩初次被男孩的爱情打动总是会激动得流泪的。(后来的事实证明我当时的想法是正确的。因为参加工作后,我用同样内容的一封情书打动了后来成为我妻子的女人,她告诉我她收到情书时也哭了)那个时代的中学生,谈情说爱是大逆不道的行为,除了遭人耻笑,一不小心还会丢掉学籍。因此,我的初恋没有开花结果。

我的那封情书打动过女同学,也打动了后来成为我妻子的女人。因此我自诩我的这封情书是放之四海而皆准的求爱信,至今仍能一字不差地背诵出来。我想,无论时代怎么变化,爱情的真正内涵不会改变,这封情书应该不会过时吧。

我对儿子说,别着急,这情书爸给你写吧!于是,我一句一句背诵情书,儿子在纸上一句一句记,很快就写好了。儿子的情书除了个别地方因时因地的不同而有所增删外,基本上是我当年情书的翻版:

小英:你好!

  当你收到这封信,当陌生的笔迹跳入眼帘的时候,你一定会大吃一惊的。你会奇怪地想:这是谁呀?我压根儿就不认识这个人呀!是的,我们俩素不相识,甚至连说一句话的机会也没有,但我们俩却是见过面的。上个月 18 日,在那个夏雨如注的下午,在摆满中外名著的书柜前,有个买了一本书而在你面前久久伫立、久久注视你的男孩,你还记得吗?……"

儿子将情书寄出去不到两周就收到了小英的回信。儿子很高兴,还把信的内容透露给我。小英说她被儿子的情书感动得哭了。小英还说她是她母亲的独生女儿,她的一切都不想向母亲隐瞒,她把情书给母亲看了。母亲看得很仔细,看了一遍又一遍,几次说写得不错。最后又说这情书可能是从什么《情书大全》之类的书上抄录的。小英说抄录的也不错,感人就行。母亲要小英到书店里找几本《情书大全》一类的书给她,小英问母亲干吗,母亲说先别问。母亲办事向来很认真,她是不是要证明一下她心中的疑虑呢?于是,小英一下子买回了三四本那样的书……

儿子在说小英回信的内容时一直看着我,分明是在询问我我"帮"他写的情书是不是我背诵的别人的。我说你要相信我,我从来就没有看过什么《情书大全》之类的书,这封情书完全是我的即兴发挥。我在回答儿子时很狡猾地避开了"真情流露"这一类词。儿子说马上给小英回封信,把小英母亲怀疑的问题澄清一下。

儿子和小英的关系发展得十分顺利。

接下来发生的事情是颇具戏剧性的。当小英的母亲证明儿子的情书并非克隆《情书大全》等书的内容,而怀疑小英男朋友的父亲可能就是当年在学校给她写情书的人的时候,我也证实小英的母亲就是我当年所爱慕的虹。虹因与小英的父亲感情不好,早在十年前就和他分道扬镳了,而一个重要的原因就是小英的父亲发现虹还珍藏着我写给她的那封情书……

在儿子和小英步入婚姻殿堂不久,我和虹也结为秦晋之好。

卖时装的打工妹

繁华的步行街上有家专卖女装的小店,只有一名售货员,是个从农村来的16岁小姑娘,名叫巧巧。巧巧聪明伶俐,读书成绩特好,因爹妈患病,没钱读高中,就辍学了,只得托亲戚帮忙进城打工。

前几天,店主张老板从长沙购进了一批新款时装,销路还不错。不知是张老板大意还是巧巧疏忽,"织女牌"高档女装的价格标签与另一个品牌的女装价格标签贴颠倒了,当发现出了差错时,"织女牌"女装已被巧巧卖出去了12套,张老板每套服装亏了50元,只得找巧巧责骂,你怎么这么粗心大意呢?我不赚钱也不能亏本呀,这亏本的钱你来赔!一套服装赔50元,12套服装就是600元。巧巧一边抹眼泪一边说,老板,如果全都是我的错,我也没钱赔呀。张老板没好气地说,你还敢顶嘴,没钱赔,你明天就别来上班了!

巧巧回到住处哭了一夜,她打工是为了赚钱给爹妈治病,好不容易找到这份工作,她不想失去它。

第二天一早,张老板刚打开店门,就见巧巧慢慢走进店来。巧巧用红肿的双眼看着老板,怯怯地说,老板,我想把您亏本的钱追回来。张老板像看着一个怪物似的盯着巧巧说,你做梦说梦话吧!你以为你是神仙?巧巧说,您让我试试好吗,追不回钱,我给你打工白干不要钱。我签字画押行不?张老板听巧巧这么一说,

倒是消了点气,缓和了一下口气说,你说说用什么法子追回少收的钱。巧巧狡黠一笑说,暂时保密,不能告诉你。张老板想了想说,要得。只要能追回钱就行。巧巧又说,老板,我还有两个小小的要求。张老板说,你说吧。巧巧说,第一,请您把"织女牌"女装进货发票让我用用;第二,您这几天不得到店里来。张老板反问说,你来当老板?巧巧认真地说,您不在这儿,我才好实施我的计划。张老板心想,巧巧是熟人介绍来的,谅她也不敢又弄出是非来。于是说,好,我依你。省城有一批货,我正好要去取,要一周才能回来,你就再给我照看几天店子吧。告诉你,可别再给我添乱!

第二天,等张老板一走,巧巧便把自己写的一则退款公告贴在店门口。公告说:我店近日卖出了数套"织女牌"高档女装,由于售货员疏忽,贴错了价格标签,每套服装多收了50元,望购买者速来我店办理退款手续。请各位顾客带来所购服装以便验证。公告上的"多"字很大,又是用红笔写的,十分醒目。

这天是双休日,步行街上人来人往,许多人都被这一则与众不同的公告吸引住了,人们一边细看公告内容一边议论纷纷,都说无奸不商,装进口袋的钱还拿出来,这等好事少见!

巧巧一边整理衣架上的时装,一边观望店外的动静,看有没有前来领取退款的人。巧巧正想着,就有一个中年女人用塑料袋子提着衣服来领取退款了。凭印象,巧巧记得这个女人是在店里买过女装的,在验证了服装款式、问了购买时的价格后,巧巧很委婉地说,阿姨,真的很对您不起,我是从农村来的打工妹,前几天,我一不小心贴错了价格标签,把老板的衣服贱卖了,老板要我赔钱。放牛娃哪能赔得起牛呀!我爹妈还躺在病床上没钱吃药呢。为了找到您,我颠倒黑白说了假话,请原谅我这个乡下妹吧,您骂我打我都行！巧巧说着说着眼圈就红了，禁不住流下了泪水。听说女装还要加钱，这个女人心里虽然不怎么乐意，但看了巧巧递过来的进货发票，再掏出50元，自己买的衣服也只是进价，仍占了便宜，于是补交了50元。巧巧提出这件事还请她暂时别声张出去，这个妇女也答应了。

只四天时间，到这家店里购买过"织女牌"高档女装的顾客差不多都来了。她们都被巧巧的遭遇和聪明给感动了，都补交了少付的50元钱。只有一位顾客一直没有露面，很可能是外地人了。

张老板回来了解到此事后，连连称赞巧巧聪明。不仅没有辞退巧巧，还给巧巧增加了工资。

温馨的误会

花都小吃部的清炖鱼头不知什么时候出了名，特地到这里来吃鱼头的人络绎不绝。其实这道菜挺容易做的：将二斤左右的胖头鱼"一刀两断"，只要连着鱼头的半截，在油锅里过一过，添上水，加上生姜、香葱、辣椒等调味品一炖就成了。然而，在自己家里做的，无论如何也没有花都做的味道好。

这是个星期天，花都小吃部内座无虚席，好生热闹。很多人在席间穿来穿去等候座位。终于有一张小圆桌空出来了。一胖一瘦两个男孩还有一个女孩捷足先登，几乎是同时在小圆桌周围坐下了。

胖子落座后抬眼一看，欣喜地打招呼说，瘦子，是你呀！真巧，在这里遇上了。胖子和瘦子曾在一个单位工作过。胖子说话时，瞟了瞟女孩。女孩眉清目秀，下穿劳动布牛仔裤，上穿米黄色紧身衫，胸部两座坚挺的峰挺打眼的。胖子狡黠地对瘦子挤挤眼。

瘦子也欣喜地说，胖子，是你呀，真巧！在这里遇上了。瘦子说话时，也睃了睃女孩。女孩光彩照人，双眼皮大眼，挺直的鼻梁，涂了唇膏的樱桃小口很性感。瘦子意味深长地对胖子笑笑。

胖子想，瘦子的艳福不浅哩。胖子说，瘦子呀，什么时候吃你的喜糖呀？瘦子说，吃我的喜糖？八字还没有一撇呢！你呢？看样子快了吧。胖子说，哪能和你比？还早着呢！

胖子和瘦子同时看了看女孩。女孩正抿嘴微笑，很羞涩的样子。

瘦子说，这店的生意挤破门！我是第三次来了。胖子说，我也是慕名而来，第二次了。

胖子从筷筒里抽出三双筷子，首先递一双给女孩，再把一双给瘦子，把颜色旧的一双留给了自己。胖子觉得意犹未尽，又说，瘦子，什么时候办喜事，别忘说一声。

几乎是在胖子递送筷子的同时，瘦子已扬起右手拍破了左手掌上的餐巾纸包装袋，首先递一块餐巾纸给女孩，又递一块餐巾纸给胖子。瘦子心情舒畅地说，胖子，何时喝你的喜酒呀？

瘦子问胖子话时，眼睛大胆地盯着女孩的眼睛。不知女孩是不爱说话，还是过于矜持，她只是浅浅地笑了笑。

这时，服务员来了，问他们要几份鱼头。胖子扫了一眼瘦子和女孩，抢先说，每人一份，来三份！

花都小吃部生意兴隆，工作效率也非常高，只一会儿，三大碗热气腾腾的炖鱼头就端过来了。

胖子把上桌的第一碗鱼头推到女孩面前,碗很烫手,胖子"丝丝"地吸了口冷气,甩甩手,说,你的。女孩嫣然一笑说,没烫着吧？谢谢。

瘦子用汤匙从桌上的瓶中舀出一些辣椒粉,对女孩说,要辣椒吧？女孩说,我怕辣。瘦子说,放了辣椒更有味儿,不骗你,一辣抵三鲜哩。女孩犹豫了一下,说,那就少来点儿。

胖子本不爱吃辣椒,见女孩正用筷子搅拌碗中的辣椒粉,连忙说,我也来一点吧。

瘦子吃了一块鱼又喝了一口汤,文绉绉地说,其鱼鲜嫩无比,其汤香甜可口。胖子也顿生感慨,说,我要我妈在家里做过,味道就是没有这里的好。

瘦子看看女孩,见女孩鼻尖上冒出细细的汗珠,忙递去一张餐巾纸,说,味道不错吧？女孩说,不错,只是太辣。瘦子连忙放下筷子,伸手去端女孩的碗,说,我去给你添些清汤。胖子听了也停下筷子,对女孩说,还是再换一份鱼头吧。回头就要喊服务员。女孩摇晃着头说,不用了,已吃饱了。胖子喝了一点汤,也放下筷子,说,是有点辣。

瘦子见状,满脸歉意地说,这都要怪我,不该要你们吃辣椒的。这样吧,今天我请客。

女孩急忙说,不,不行！我,我去给钱。

胖子立刻很有风度地向女孩和瘦子摆摆手,起身往收银台走,说,小意思。你们都坐着,我去付款。女孩站起身来,又说,不,我去。瘦子见了,几乎用命令的口气要女孩坐下。瘦子迅速掏出一张百元大钞,紧走几步,拦住胖子说,别争了,我来付款,今天还是我来请你们二位吧。胖子站住了,不解地说,二位？我和

谁是二位？瘦子一拍胖子的肩膀，笑道，别装蒜了，还有谁？坐在你身边的美人儿呀！胖子一脸惊诧，说，那女孩不是你的女朋友吗？瘦子认真地说，扯淡，我根本就不认识她。

瘦子和胖子都木了。胖子和瘦子扭头往同一处地方看时，已不见那女孩的倩影，只有两张10元钞票静静地躺在餐桌上。

恼人的电话

霞和芳是好朋友，有说不完的体己话。她俩过去读书同班同桌，上课讲小话是出了名的，老师骂她俩嘴上没安门。如今，都结婚成了家，谈兴更浓。谈丈夫、谈孩子、谈家务、谈时装，一见面，话就像滔滔河水不断线。

霞到芳家，要走200米路，坐四站公共汽车；芳到霞家，要坐四站公共汽车，走200米路，加上抱着小孩、挤车、赶路委实很不方便。但这也难不倒她们，她们仍隔三岔五互访，为的就是侃大山。

一天，霞送芳出门，天突然下起了大雨，芳既沮丧又恋恋不舍，说：我们要是住一栋楼就好了。霞心领神会说：住一个单元门对门更好。芳解嘲地笑笑说：不过这不现实，最好两家都安上电话。霞说：对，想什么时候聊就什么时候聊！芳说：聊个够！

霞送走芳，回房就对丈夫伟说：我们安部电话吧！伟是机关小职员，工薪阶层，手边不宽裕，说：又不经商，安个电话闲着？霞说：不经商，找个朋友聊几句也不行呀？你整天不在家，我嘴都闭臭哩！

伟心想也是,说:就安部电话吧！

芳得知霞家里安了电话,急不可待地对丈夫勇说:我们安部电话吧！勇是工厂技术员,现今企业效益不好,手头紧巴,说:又不做生意,安个电话好看？芳说:霞的那个也不做生意,她家能安,我家不能安？芳说着眼圈都红了。勇见状,连忙说:就安部电话吧！

没多久,霞和芳的愿望都变成了现实。霞家里是月初安的电话,芳家里是月末安的电话。芳的第一个电话是打给霞的:喂,你猜得出我是谁吗？霞说:你的声音还听不出？你是芳。喂,你家也安电话了？芳说:安了,刚安好哩。霞说:那就好,那就好！我正准备到你家去呢！告诉你,我儿子会叫我妈妈了！你听着,他在话筒边叫给你听。芳听了说.喂,你儿子咬字蛮清楚呢！喂,告诉你,我女儿会数数了,从1数到10呢！你听不听……呵,霞,你等等,女儿尿湿裤子啦……

芳刚给女儿换好裤子,电话就"叮叮"响起来。芳拿起话筒,是霞。霞说:芳,告诉你个好消息,你要买的高弹力健美裤,我们这里的商店到货了,买不买？芳说:什么颜色呀？霞说:黑色的、蓝色的、烟色的都有。芳说:多少钱一条？霞说:便宜呢,35元。芳说:我不想买了,穿在身上箍得紧巴巴的,来月经了,前后鼓个砣,不好看哩！霞说:来月经那几天就不穿嘛！芳说:我还是不想买。霞说:那就算了,你不买我也不买。芳说:那就买吧,我只买一条。霞说:我也买一条……

安了电话,霞和芳不用走路、不用挤车就能侃大山。一会儿芳家的电话"叮叮"响起来,一会儿霞家的电话"叮叮"响起来。她们在电话里谈丈夫,谈孩子,谈家务,谈时装,日子过得充实、惬意。

一天,芳正要放下话筒,丈夫勇回来了。勇问:跟霞打电话?芳点点头。勇说:是她打过来的,还是你打过去的?芳说:是我打过去的。勇叹口气说:难怪电话费这么高!芳说:多少?勇拿出电话费收据,说:第一个月就180多元呢!芳夺过收据,看后,一脸难过,说:工资快去了一半哩……勇想了想,宽慰芳说:电话是单向收费,今后你等霞打过来,再聊,懂么?芳点点头。

一天,霞正在打电话,丈夫伟回来了。等霞把电话打完,伟问:和芳通话?霞点点头。伟说:是芳打过来的,还是你打过去的?霞说:是我打过去的。霞又说:问这干吗?伟说:我没告诉你,上个月电话费快200元哩!霞吃惊地说:真的?半个月工资?伟说:你看,我能骗你?霞看了电话费收据,一脸沮丧。伟想了想,安慰霞说:电话是单向收费哩,等芳打电话过来,再聊,懂么?霞点点头。

打这之后,芳家的电话不响了,霞家的电话也不响了。芳心里有气,她想打个电话给霞,责问她为什么不打电话过来,但手指刚触到号码键又缩了回去。霞好久没和芳聊天了,心里痒痒的。她想打个电话到芳家里去,责问她为什么不打电话过来,但,手指刚触到号码键又缩了回去。

一天,芳终于听到电话"叮叮"响起来,便喜形于色拿起话筒,正要亲亲热热地叫声"霞",一听竟是勇。勇说加班画图纸,中午不回家。芳十分扫兴。

一天,霞终于听到电话"叮叮"响起来,便惊喜地拿起话筒,正要叫一声"芳,我的小乖乖",一听竟是伟。伟说赶写汇报材料,下班回得晚。霞十分失望。

于是,霞和芳的日子都过得很寂寞。

一天,霞和芳在路上邂逅了。霞说:芳,你到哪里去?芳说:

我到你家去聊天呀！你呢？霞说：我也是到你家去聊天呀！赶巧遇上了。

芳说：你怎么不打电话给我？霞说：电话里聊天没意思，面对面聊天才亲热哩！芳说：我也这样想……

霞和芳都讳莫如深，吃吃地笑起来。

熟　人

她每天去农贸市场买菜，但很少买肉。如今的屠户缺德得很，病猪肉、猪婆肉也拿来卖，她分辨不出哪些是病猪肉、猪婆肉，哪些是好猪肉，便不敢买。

自从认识他之后，她便放心大胆买肉了。

一天，她经过他的肉摊，他叫住她，说："你不认识我了？我们曾经是邻居呀！"

她盯了他好一会儿，终于想起来了。十年前，她和他确实曾住在同一条小巷里，但没有什么往来。

他说：买肉吧？

她犹犹豫豫，说：买是想买……

他说：买多少？

她说：就怕买到病猪肉、猪婆肉！

他指指挂在铁架上的猪肉，说：买我的绝对放心。我会骗熟人？

她仍不放心，但又不好推脱，说：那就买两斤吧。

回家后,家里人问她:买的该不是病猪肉、猪婆肉吧?

她说:不会吧,卖肉的是个熟人。

家里人说:卖肉就为赚钱,还管你是生人熟人?

她答不出话来,这餐肉也没吃出滋味来。

其实她和她家里人是十分喜欢吃猪肉的。过了几天,她又去买肉。她没有直接去他的肉摊,而是在如林的肉架前转来转去。她分辨不出哪些是病猪肉、猪婆肉,哪些是好猪肉。于是又回到他的肉摊前。

他见了她,热情地说:又买肉?

她点点头,说:买肉。

他却不动刀割肉,而是神秘兮兮小声对她说:今天我卖的肉也别买……你明天来吧。

回家后,家里人问她,怎么没买肉?

她便把他对她说的话对家里人说了。还说:生人熟人就是不一样嘛!

家里人也说:这人还挺够意思的。

于是,她以后便只买他卖的猪肉。她还推荐别人买他卖的肉,并把他曾对她说过的"今天我卖的肉也别买"的话学说一遍。

于是,他的生意便很兴隆。

一天,家里有人过生日,她在他肉摊上买了四斤肉,买肉后,她又去买鱼、买蔬菜。转来转去,她又经过他的肉摊,无意中听到了他对一个老婆婆说的话。他对老婆婆说:今天我卖的肉您也别买……您明天来吧。

她再看他的肉架,架上好多挂肉的铁钩子都空着:那猪肉差不多已卖光了。

她站在那儿,木了。

循　环

（一）傍晚。住宅区。一幢楼房前。

一群孩子在捉迷藏。孩子们边玩边反复吟唱着：麻绳串草鞋，一带（代）串（传）一带（代）……

一个被手绢蒙住了双眼的七八岁的男孩张开双手，慢慢地四处摸索着。他突然抱住了一个人。

孩子们快活地叫喊：抓住了，抓住了！

男孩扒开手绢一看，惊讶地：爷爷！

爷爷年近花甲，头发斑白，他拍拍男孩的肩膀：毛毛，别淘气！快回家做作业。

爷爷走了。毛毛又蒙住双眼。突然一只手拧住毛毛的耳朵：玩，玩！只知道玩，看我揍你！走，快回家做作业。

毛毛哇哇直叫：爸爸，松松手！

楼梯口匆匆走出一位三十多岁的女人。她是毛毛的妈妈。她心疼地护卫着毛毛：听话，快回家做作业。爷爷、爸爸、妈妈这么大年纪了，还在拼命读书哩……

（二）客厅内，日光灯亮晃晃的。毛毛趴在沙发前的茶几上做作业。毛毛写写停停。这时，他停笔凝思，一副愁容。他看了看紧闭的三个房门，迟疑地站起身，蹑手蹑脚走过去推开其中一扇门。

毛毛：爷爷，这道题我不会做。

爷爷正伏案学习,案头摆满了书和笔记本。爷爷拿着一本书。

书本特写:函授大学教材。

爷爷:别闹,别闹! 爷爷也遇到难题了!

毛毛:爷爷,您告诉我怎么做嘛!

爷爷:我没空。乖孩子,去问你爸爸!

(三)毛毛轻轻推开另一扇门。

毛毛怯怯地:爸爸。

爸爸正在房内踱步。

毛毛颤颤地:这道题我不会做!

爸爸没好气地:上课不好好听老师讲,下了课净想着玩!

毛毛哀求地:您告诉我嘛!

爸爸:去去去! 自己做,做不出我揍你!

爸爸不再理会毛毛,走到书桌边,拿起一本书。

书本特写:电视大学教材。

毛毛委屈地愣着,眼眶里聚满泪水。他慢慢地退出去。

(四)客厅内。毛毛在茶几旁冥思苦想,题仍做不出。

毛毛正欲推开第三扇门,门却无声地开了。妈妈略施淡妆,衣着鲜亮地走了出来。

毛毛惊喜地:妈妈!

妈妈:作业做完了?

毛毛:没有。这道题我不会做。

妈妈为难地:哎呀,时间来不及了。我也要去读书呀!

妈妈说着拍拍书本。

书本特写:××市夜大教材。

妈妈匆匆离去。毛毛望着妈妈的背影,愣愣地站着。

毛毛回到沙发上,呆呆地看着作业本。毛毛在沙发上睡着了。

(梦幻)毛毛在做作业,只是嘴上长出胡须,额头上布满皱纹,戴着眼镜,一副小老头模样。他正在挑灯苦读。一女孩推门进来:爸爸,这道题我不会做!

毛毛:去去去!自己去做!

突然,外面传来孩子们清脆的嬉闹声。毛毛立刻跑到室外,兴致勃勃地与小朋友们捉迷藏……哈哈,捉住了!

(闪回)"捉住啦!"忽然一声断喝传来。毛毛睁眼一看,爸爸正威严地站在面前。

谁有力量

自从和麻勇成了邻居后,我的家便不得安宁了。

麻勇是个二十多岁的单身汉,听说在一家工厂当搬运工,繁重的体力劳动后,他仍有过剩的精力。前些日子他和一伙人打牌赌博,每晚闹至深夜,我告了密,派出所来抓了赌。谁知没安静两天,他又搞起了新名堂:练拳击。他在内房门框上吊了个装满沙子的编织袋,清晨和晚上,他那硕大的拳头便一下一下猛击沙包,沉闷的"嘭嘭"声,在房内形成共鸣,仿佛要把墙壁胀裂,闹得我和妻子夜不能寐,天未晓就醒。

妻子被闹得受不了了,对我说,跟麻勇说说吧。

那天,我正要开锁进门,麻勇光着上身回来了。我赔着笑脸,

小心翼翼地说,小麻,打沙包太吵人,能不能换个体育项目?

怎么?麻勇昂着头,爱理不理的样子。

打沙包太吵人,闹得我和家人休息不好。

又没在你们家里打沙包,关你屁事!

你这人怎么能这样说话?

我就这样!怎么着?

麻勇"嘭"地关上门,接着便传出猛烈的击打沙包的声音。

真是个不进油盐的人。我恨不得踢开麻勇的门呵斥他一顿,但我忍住了。这小子不是省油的灯,我觉得他比我有力量,不只是他有胸肌发达的宽阔的胸脯,棒槌似的、肉疙瘩凸暴的手臂,还有,他老气横秋,蛮不讲理。

搬来时,居民委员会一个老太太曾悄悄对我说,这屋住不得的。我问是不是吊死过人,是凶屋?老太太说行要好伴,居要好邻。我明白后,还满不在乎地说,惹不起还躲不起?此情此景,真是惹不起也躲不起,我只能自认倒霉了。

一个周末,妻子单位上的几个姑娘来我家做客,我在厨房做晚饭,妻子和姑娘们开心地说笑,很是热闹。饭做好时天已黑了,此时正是麻勇练拳击的时候,我真担心那烦人的响声扰了妻子和姑娘们的好兴致。结果出人预料,这餐饭是在安安静静的环境中吃完的。

妻子向隔壁努努嘴对我说,真巧,他不在家。

我也为有这难得的机遇而高兴。

送姑娘们走时,我和妻子都惊奇地发现:麻勇家的门洞开着,他脸朝门口坐在椅上,正注视着我们从他门口经过,表情竟有些矜持。

回房后,我对妻子说,其实要麻勇安静点儿也是有法子的。

有什么好法子？

给他找个对象。

妻子马上领悟到了，说，难怪今天不练拳头的，他还晓得在姑娘面前注意形象哩。只是哪个肯嫁给他呢！

你给帮帮忙呀。我半真半假地说。

我情愿听他的拳击声也不做他的媒人。妻子的话刚说完，好像回答她似的，隔壁的拳击声又响起来。妻子烦躁得忙用药棉把耳朵堵住了。

一天，忽听有人敲门，开门看，竟是麻勇。麻勇今天换了个人似的：头发一丝不乱，西装领带，皮鞋贼亮。麻勇脸上堆着笑说，能不能借我一瓶开水？

我觉得和麻勇搞好关系很有必要，就要妻子拿来一瓶开水，说，拿去用吧，是不是有客人来？

麻勇犹豫了一下，略带羞涩的表情说，别人给我介绍了个女朋友，才几天，她妈妈就知道了，要来我这儿看看。我布置了一下，不知如何？麻勇示意我和妻子进他家看看。

房子真的收拾得很整洁，只是内房的门框上还吊着那个该死的大沙包，使我很不舒服。

我忽然灵机一动，说，不错不错，只是岳母大人来，房里吊个大沙包不太好吧？

麻勇警觉地望着我，说，有什么不好？锻炼身体的。

我很狡猾地说，我没别的意思，是为你好呢。要是岳母大人心眼儿小，看见你在沙包上练拳头就联想到你今后可能也在她女儿身上练拳头，那就糟了！

麻勇很不信任地盯着我，但没有吭声。

第二天是情人节。傍晚，我和妻子出门去参加单位上举办的

舞会,看见麻勇站在门口张望,就问,昨晚的事还顺利吧?

麻勇喜形于色地说,她妈妈没意见。

我说,今天是情人节,没约她来玩?

麻勇说,约了,只是她每次都来得很晚。她不能和城里人比,她是郊区的菜农,这时还正在给萝卜白菜泼粪浇水呢……

翌日中午,妻子一进门就乐滋滋地告诉我说,垃圾箱边丢了个大沙包,好像是隔壁的。我瞅个机会悄悄朝麻勇房里一看,门框上果然没有了沙包。

我这才突然想起:我和妻子已有两天没听到拳击声了。

我怎么口吃了

蒴茂终于如愿以偿当上了局办公室主任,他受宠若惊。

局长们经常开会,每次开会办公室主任必须到会,除了做记录,还要向局长们汇报有关工作情况。哪知,第一次和局长们面对面坐在一起,第一次汇报工作,蒴茂说话竟结结巴巴的,早已烂熟于心的东西,就是不能流利地表达出来。

局长忙问蒴茂:是不是哪儿不舒服?蒴茂嗫嗫嚅嚅撒谎说:是,是舌头上火,生了个小疖子。

局长说:马上去医院看看吧,可不能影响工作呀。

蒴茂只得去看医生。医生说:你这毛病是由心理障碍造成的。我给你开一些镇定药,很快就会好的。

蒴茂闷闷不乐地回到办公室找开水吃药时,发现打字员小芸和办事员小李正在大声谈笑,好似在嘲笑他一样,便气不打一处来,呵斥道:这是上班,不是坐茶馆!

小芸和小李吓得忙停嘴干各自的事。

翦茂一提热水瓶,空的。他怒气冲冲大声说:在我手下干事,你们可要注意着点,一要勤快,上班来第一件事就是扫地抹桌打开水;二要讲求工作效率,我交办的事须今天完成的不允许拖到明天;三要多请示多汇报……

翦茂说到"汇报"二字时,忽然想起自己在局办公会上的尴尬,十分懊恼。但一愣神,不由得暗喜道:哈,我哪有什么毛病?我刚才说话很流利嘛,一点儿也不口吃呀!

想到局长办公会还没有散,翦茂便出门上三楼小会议室,边走边情不自禁地哼起了歌曲。

翦茂正高兴着,忽见局长从对面走来。局长是去洗手间的。局长说:从医院回来了?翦茂忙回答:刚、刚、刚回、回来。

局长又说:舌头没事了?

翦茂说:没、没、没事、事了。

局长用奇怪的眼神盯着翦茂。翦茂只觉得脸在发烫,背脊在冒汗,他在心里骂自己道:真该死!我,我怎么又口吃了呢?

这有何难?

M局新修的三幢宿舍大楼竣工了,三十六套两室两厅,每套使用面积近一百平方米。卧室、书房、厨房、卫生间等布局合理;

门窗油漆、墙壁粉刷质量一流。因是最后一次福利分房,分房方案成为全局干部职工关注的焦点。

局领导对这次分房十分重视,立即召开会议,研究分房事宜。

局长说,我提议由甲副局长牵头与工会一道成立分房领导小组,甲副局长刚从部队复员,已住进县里安排的新的两室两厅,他说不用分房了。僧多粥少,由他任组长,必定公事公办,谁也没啥意见。

乙副局长说,分房关系到每个人的切身利益,要注意研究历年来县里出台的各种有关住房分配的文件,做到吃透精神,有依有据,让符合条件的人分到房子住。

丙副局长说,还要参考、借鉴其他单位的好做法、好经验,全面考虑,力求公平合理。当然也要鼓励发扬风格。

丁副局长说,建议召开一次中层骨干会或群众代表会,广泛征求一下意见,以免到时扯皮而影响团结。要通过分房促进局里的各项工作。

由于分房领导小组的勤奋工作,分房方案很快拿出来了。方案规定:一,连续工龄25年、本局工龄10年者可参与分房;二,副科级以上职务者可参与分房;三,人平均住房面积不足七平方米者可参与分房;四,根据连续工龄、本局工龄、职务高低……逐一计分,以累计分数高低依次取前三十六名。

这天,局长召集副局长们开会最后敲定分房方案。局长把方案念完后,要大家发表看法。乙副局长边听边想,我小舅子调到自己局里虽刚好十年,但连续工龄只23年呀!小舅子前几天还向我打听分房的事,我得极力为他争取。乙副局长说,我认为连续工龄数定得太高了点!要照顾全面嘛。我建议再减少两年为好……

同在一个锅里吃饭,各人的情况都你知我知一清二楚。局长、甲、丙、丁四个人听了乙副局长的发言,心里已明白八九分,齐声说,减少两年吧。

丙副局长早在乙副局长发言时就想着小娥的事。小娥是他战友的姨姐。战友在县委组织部工作,今后能否谋个正职全靠战友了。小娥参加工作很早,但本局工龄刚好差一年。丙副局长说,我们局调进的新同志较多,过去他们在别的单位也是为国家做贡献嘛,本局工龄我建议减少一点……

局长说,减多少?丙副局长说,减一年就行。

局长、甲、乙、丁四个人会心一笑,异口同声说,行!

丁副局长发言时少了客套,他开诚布公地说起了老查的难处。他和老查是连襟,同一个丈母娘,还能不关照关照?丁副局长说,老查的住房人均虽有七平方米,但那房子低矮潮湿,没法住。老查的连续工龄、本局工龄都已达到规定年限,没有功劳有苦劳,我认为……

没等丁副局长把话说完,局长、甲、乙、丙四个人就连声说,行,把七平方米改为八平方米吧。

此时,除甲副局长正埋头整理讨论意见外,乙、丙、丁三位副局长正满面春风地说笑。当甲副局长请示局长还有没有指示时,乙、丙、丁三位副局长才发现局长紧锁着眉头。

局长见大伙儿都看着他,于是慢条斯理地说,麻司机给我开小车六七年,行车从没出过事故,风里来雨里去,吃了不少苦头,可到了分房子时却不够资格……

乙副局长说,是呀,连续工龄不够。

丙副局长说,本局工龄也差好几年。

丁副局长说,这,这怎么办呢?

这时,一直寡言少语的甲副局长轻描淡写地说,这有何难?马上下文给他提个副科级不就行了!

乙、丙、丁三位副局长马上齐声说,行! 就这么办。

局长喜形于色地说,好,好! 分房方案就这样确定了。明天张榜公布!

作证的代价

郊外小河边,两个垂钓者:一个高,一个矮。矮且胖的叫王五,高而瘦的叫赵六。他们本不相识,因爱好相同,星期天常在河边碰面,也常相互调剂诱饵、钓饵余缺或谈论钓鱼经,于是成了点头之交。此刻,他们相距二十多米,都凝神注视着水面上的浮标。

今天是久雨初晴的头一天,是钓鱼难得的好天气。可是王五的鱼运不佳,一上午过去了,他只钓到三四条两寸长的小鲫鱼。而他右边的赵六却鱼运亨通,隔不了多久,就能听见他欢喜地叫道:"王五,看,我又钓到一条大的!"他接连钓起了几条半公斤重的鲤鱼。

王五沉不住气了,焦躁地把渔线拖来甩去。

突然,王五一挥竿,那鱼竿立时成了一把弓。

"大鱼!"王五心里一阵激动,暗自庆幸时来运转。想把这喜讯传递给赵六,但"大鱼"二字还没喊出声,他就蒙了:被拖出水面的不是鱼,而是一个黑色手提包。鱼钩正好挂住了包的提环。

王五使劲拉开拉链,包里有付款委托、购货发票,还有介绍信和工作证。这些东西湿漉漉的,上面的字迹却仍清晰可辨。里面还有半截砖头。显然,这是小偷作案后扔到河里的。小偷只要钱,不要包。

王五愣愣地望着包:如何处置它呢?

"王五,看! 我又钓了一条大的!"赵六那欢快的声音又响起来。

王五又羡慕又着急。看着包,他直抱怨自己倒霉,恨不得把这个不祥之物重新扔到河里去。他犹豫了一下,一抬手,把提包扔进身后的草丛中。

一个星期过去了。王五又来到郊外小河边。这一天,他的收获十分可观,还钓到一条一公斤重的鲤鱼。他想让赵六也分享分享他的高兴,但他的点头之交这天没有来。又一个星期过去了。王五又一次来到郊外小河边时,发现自己一时疏忽,忘了带钓饵,他又想起了赵六,可是这天赵六又没有来。

又过了一个星期,王五和赵六终于在小河边见面了。

这天,王五来得好早,他打好鱼窝后,寂寞地坐在岸边抽烟。他听见咳嗽声,一扭头,见赵六慢慢走过来了,便大声招呼:"伙计,两个星期没见着你,病了?"

赵六笑了一下,笑得很勉强,把渔具放下,接过王五递过来的烟点燃,话和烟雾同时喷出:"病个屁!"

"怎么啦?"王五看着对方有些憔悴的脸。

"没什么!"赵六在王五身边坐下。

"上两个星期天,鱼特别爱咬钩!"王五眉飞色舞地谈起了钓鱼经:"我每次都钓到三四公斤,还钓到一条一公斤重的。"

"倒霉!"听着王五的好消息,赵六不但没有表现出兴奋来,反而又重重地叹了一声。

"你有心事?"王五问。

"一言难尽呀……"赵六近乎痛苦地摇摇头,"有人怀疑我与一桩现金盗案有关,又是盘查又是到单位上了解,还问我有无前科,没完没了,娘的!"

"什么案子?"王五问。

"我捡了个提包,好心好意去上交,可……"

"怎么回事?"

"那天,你没钓到鱼,气得回家了。我后走,发现河边那草丛里有个黑色提包,里面明明只有发票、介绍信什么的,他们硬说还有一笔数额可观的钞票,真是活见鬼!"

"冤枉!"王五大声为赵六叫屈,"这包是我从河里钓上来的,我开始以为是大鱼,还喜了一阵呢!我也看过里面,没钱!"

"怪不得是湿的!那天怎么没听你说过?"

"先是怕你取笑我,后急着要钓鱼,忘了。"王五说出了原委后,笑起来。笑毕,认真地说,"你别怕,明天我为你去作证。"

又一个星期天到了。这天风和日丽,是钓鱼的好天气。赵六早早地来了,刚在钓位上坐下来,便从口袋掏出两样东西:一瓶荔枝汁,一包日本鱼钩。这是他要送给王五的,他感激王五。

然而,一连几个星期天,河边都没有王五的人影。

屁股决定思想

葛平大学毕业被分配到局里搞统计工作。搞统计可不是件轻松的事,月初要呈报上月的报表,月中要下基层了解情况,月底要把收集的各种数据分类汇总,每个环节都不能马虎松懈。况且领导们寅时说需要某方面的数据你必须卯时就能拿出来,因此,加班加点就是常有的事了。

头一年,葛平倒没有觉得加班加点有什么不好,反正单身汉一个,下了班也无所事事,晚上或双休日加班做些事,一来可以消磨时间,二来可以给领导留下一个好的印象。但自从找了女朋友,葛平就对加班加点产生了厌烦情绪。有时候本来和女朋友约好晚上去看电影的,临到下班时科长却说,小葛,局长明早去县里开会,有个数据务必今晚拿出来。葛平知道,不加班干绝对不行,加班了女朋友也绝对会不高兴。有一次,女朋友约葛平双休日去桃花源风景区旅游,结果因为葛平要加班赶制一份报表没有去成。女朋友还算通情达理,对葛平的失约虽然心中不悦,但在言语上却没有过多埋怨。不过,女朋友的一句话倒是提醒了葛平。

于是,葛平对科长说,科长,我经常加班加点,应该给加班费吧。

科长先是仰头哈哈一笑,然后盯着葛平的眼睛说,小葛呀,我在局里工作十多年了,从来没有拿过加班费哩。再说我当科长也有七个年头了,先后在我手下工作的人不少于十个,我也从来没有给谁发过什么加班费呀!

葛平一直觉得科长是个随和的人,想不到此刻说话却这般没有道理,于是脸一下涨红了,有些冲动地说,科长,难道说提出这个问题有错吗?过去未必就没有人提出过类似的问题吧?

科长对葛平的诘问并不在意,心平气和地说,小葛呀,关于加班费的问题,当然有人提出过,比你先来的人都提出过,但又有什么用呢?

葛平忍不住插话说,科长,提出这个问题怎么会没有用呢?不仅有用,而且合理又合法。《劳动法》明文规定节假日因工作需要加班的要给加班费呀!

科长又仰头哈哈大笑了,笑毕又说,小葛呀,我当初也跟你一样,也向我的前任——老科长提出过同样的问题。老科长听了我的话很不高兴,说他一辈子加班加点还少吗,但他从来没有拿过加班费。他这样说了,我还能说什么呢?

葛平突然觉得科长有些迂腐。虽然科长的言外之意是叫他别再纠缠加班费的事了,但葛平还是忍不住说,科长,老科长那时候留下来的规矩到了你手上就不能改变吗?如今是你做主呀!

科长把嘴贴近葛平的耳朵,神秘地说,小葛呀,这你就不懂了,就算我改了这规矩,也没有钱发加班费啊!老科长当年从来没有找局长谈过加班费的事,我怎么能破这个例呢?

葛平终于理解了科长的难处,科长不想做别人也不想做的事。葛平没再吭声,但心里仍很憋气。他想,有朝一日如果我能当上科长,我一定要把这个规矩改过来。

几年后,葛平真的当上了科长。

一个周末,葛平安排科里新来的小芳姑娘加班赶制一份统计报表。小芳一看,这份报表至少要两天时间才能完成,有些不高兴地说,科长,我经常加班加点,怎么没有加班费呀?

葛平和善地笑笑,说,小芳呀,科里没钱啊。小芳说,科里没钱找局里要呀!葛平一脸严肃地说,小芳呀,你年轻你不懂,你想,历届的科长们都没有找局长谈过加班费的事,我怎么好开口呢?

第二天,小芳笑嘻嘻地对葛平说,科长,加班费的事我去问了局长……

葛平听了一愣,急忙打断小芳的话说,谁要你去问的!咳,局长他怎么说?

小芳认认真真地说,局长说加了班当然要给加班费。

葛平呆了一下,轻叹一声,啊!

失　落

在我们眼里,森属于那种看破红尘的人。

森虽然不是我们科里的人,但我们很了解他,很尊敬他,因为他毕竟是个不大不小的官儿。我们科隔壁的 B 科那两间办公室里的七八个人都是他的部下。森常到我们办公室里来转转,和这个问个好,和那个点点头,挺和蔼可亲的。我们自己的头儿坐在另一间办公室里,很少到我们办公室来。因此,森来了,我们就放下正在做的事,喊森坐,并给森倒茶喝。每当这时,森就连连摆手,别客气,别忙,我又不是客人。

我们就说,您是官儿呀,是领导呀!

鬼官儿,鬼领导!森撇撇嘴咕哝着,一脸的不屑。之后便在一把空椅子上坐下来,颇有感慨地说,当官、当领导有什么意思!当年我在部队跟随××师王师长当警卫员时只有十九岁,王师长特喜欢我。王师长当时才而立之年哩。他可是军里赫赫有名的人物,都说王师长前途无量。可后来怎么着,一场突如其来的车祸把他送到了阴曹地府……

森说到这里神情有些黯然,捧起杯子,轻轻抿了一口茶,要不,我也不会早早复员。

我们便说,你不复员,如今的官职只怕比我们局长还要大吧?

森流露出兴奋的神色,不是吹牛,至少也是个正团职吧。

我们局里百十号人,却只是个副处级单位。我们真替森惋惜,说他运气不好。森却说,是正团职又怎么着?王师长三十岁时官不是比县团级还大吗,他不当官也许还不会死。当官有什么味?没味!

森四十多岁了,二十年前就是正科级,换上别人,这样原地踏步,说不定早就牢骚满腹,或暗地里跑官要官去了。真难为森有这样静如止水的心态。

前些日子,我们局里有个副局长退休了,空出的位子得有个人填上。上面说,你们局里人才济济,用不着从外单位派人来,就近提拔吧。提拔谁呢?上面在考察,局长在琢磨,职工群众茶余饭后也在谈论这个问题。这天,我们正在谈论谁会官运亨通时,森推门进来了。

我们说,森领导来了,请坐,请坐!

屁领导!小科长一个,丑人哩!森和善地笑笑,心情很好的样子。

听说你要当局长了,恭喜呀!

谁说的？别乱说！

都说你进候选人圈子了。你当科长比谁都当得久，你不升升谁？你不升我们都有意见了。

森脸上露出不易觉察的快意，别说是个副局长，就是当副市长、市长我也当得像。只是那又怎么样？还不是一样吃饭做事，做事吃饭！

怎么会是一样呢？硬板凳就换成了老板椅，办公桌就换成了大写字台。

屁老板椅！软绵绵的,夏天坐上去不热？不烧屁股？我喜欢硬板凳,坐着实在。当年毛泽东还要睡硬板床呢……

也不用骑自行车上下班了,有小汽车接你送你。我们又说。

嗨,坐汽车有什么好？汽车跑得快但不安全,容易出事。王师长不是出车祸死了？骑自行车优哉游哉,还能锻炼身体。是不？

我们想,这世界上对身外之物看得如此淡薄的人莫过于森了。在森的影响下,我们的心胸也开阔起来,再也不为评先进、评职称之类的事烦恼了。

一日,我们办公室的人都出去办事去了,只有我埋头赶写一份材料。突然有人拍我的肩膀,是森。没等我叫森领导,森就说,小陈,每次来都见你最忙,要注意休息,别忙坏了。

森的话令我好感动。我们科长从来没有这样关心过我。我委屈地说,不忙行吗？官儿嘴一动,我就忙几天哩。

你干的是个忙碌的事儿,也干好几年了,该换个工作了。

换工作不容易哩,局长那儿不好说话。

我给你跟局长说,我的建议局长还是买账的,保证没问题。

真的？

我从来不骗人。

森又一本正经地对我说,等着好消息吧!

我高兴得不得了。

许多日子过去了,好消息一直没来。我急了,想去问森。几次在过道上遇到森,他都木着脸,目不斜视地与我擦肩而过。我也不好开口。

森虽然仍在我们隔壁的 B 科上班,不知怎的,却再也不进我们办公室的门了。

你怎么乱敲门

辛雨是一名普通职工,但他却住在位置不高不低的好楼层:三楼。

局长有登高望远的癖好,嫌三楼视野不够开阔,主动提出和辛雨换了房,住在了四楼,辛雨则住在局长楼下。几年后,局长调走了。不久,新局长老凹来了,只得屈驾住进了老局长曾经住过的房里。打从大年初二起,每到夜晚,辛雨家的门铃就不时"叮咚"响起。门上没安猫眼,开门看,敲门人辛雨一个也不认识,都找错了门儿,他们认为当局长的应该住在好楼层三楼。辛雨后来才明白:敲错门的人是来给凹局长的夫人拜年的,凹局长的夫人在县委组织部当部长。

辛雨一次次地开门,一次次地指指天花板说,在上面。虽然敲错门的人都很有礼貌地说声对不起,但却搅了辛雨看电视节目的好兴致,他烦透了。辛雨想在门上贴张"找凹局长请上四楼"的纸条儿,又觉得太张扬了,怕引起凹局长不快。听到门铃声不予理睬或是把门铃电池拿掉也不行,万一来的是自家的亲朋好友呢?想在门上安个猫眼,春节期间又找不到人。这天晚上,辛雨正为没有良策而苦恼时,门铃第18次响起了,辛雨拉开门见又是找凹局长而敲错门的,顿时火冒三丈,厉声呵斥道,你们干什么呀?挑水找不到码头,烧香找不到庙门,尽骚扰!

发完脾气,辛雨便后悔了,他想,我凶了这个人,这个人会不会把其遭遇告诉给凹局长夫人听呢?凹局长要是知道我恶待了他夫人的客人一定会怀恨在心的,说不定一双双小鞋就做好了。想到此,辛雨有些害怕了。辛雨便很想知道这个人到底有没有对凹局长夫人说挨骂的事。辛雨希望这个人没说。然而,又没在凹局长家安上窃听器,这可是个无法了解到的情况呀!辛雨一番冥思苦想后,终于来了灵感,他想,只有自己设身处地去体会一下被人呵斥的滋味和心情才能解开这个谜了。辛雨决定去给朋友拜年。

朋友姓切,住在城东一幢楼房的五楼,辛雨明知故犯地按响了四楼的门铃。门开了,一个彪形大汉冷漠着脸不说话,只用目光询问辛雨,你找谁?辛雨说,请问这是小切的家吗?彪形大汉关门的同时丢下两个字,五楼!辛雨想,此人不冷不热,还算客气。辛雨拎着礼物进了小切的家。小切比辛雨小三岁,每年都是小切先给辛雨拜年,之后辛雨再回拜。小切很感动,忙不迭给辛雨拿烟倒茶。辛雨与小切谈话时没有提到彪形大汉。辛雨是这样想的:我敲错门,既然彪形大汉还算客气,那么对我的心理上就没有什么冲击,没有冲击,我就不会生气,不生气就没有必要把这事告诉朋友切了。辛雨没能体验到被人呵斥的感觉,只得扫兴而归。

打这之后,辛雨虽然不知道凹局长生没生他的气,但他很害怕见到凹局长。有几回老远看见凹局长迎面走来,辛雨赶紧绕道了。每看见一次凹局长,辛雨想了解那个被他呵斥的人到底有没有跟凹局长夫人说的愿望就越强烈。

辛雨只得又去拜访朋友切,并故伎重演按响了四楼的门铃。还是那个彪形大汉开的门,他瞪着眼看了看似曾相识的辛雨,不耐烦地说,他住五楼!接着砰地关上门。彪形大汉虽然态度不太好,但没有骂人。辛雨在门外站了一会儿,又按响了四楼的门铃,等彪形大汉刚一露脸就问,小切是住这儿吗?彪形大汉一见又是辛雨,脸一变,没好气地说,你有毛病是不是?听着,这是四楼!辛雨嫌彪形大汉脾气还不大,又故意装糊涂说,我明明上了五层楼的楼梯怎么还是四楼?彪形大汉使劲一跺脚,怒发冲冠地说,忘了最底层是杂物间呀?你这个蠢猪!

辛雨终于品尝到了被人呵斥辱骂的味道,虽然是他自己一手策划、心甘情愿的,但毕竟被人辱骂的滋味不好受,心里还是有很不舒服的感觉。进了小切的家,辛雨很想把自己刚才的遭遇立即向朋友小切一吐为快,但几经犹豫,还是忍住没说。他想,告诉小切有什么用呢?小切肯定会笑话他:辛雨呀,你肯定是怕领导怕出病来了!要不就笑话他傻不拉几:辛雨呀,你遭人辱骂是叫花子背米不动——自讨的。辛雨在心里暗自发笑。

辛雨想,那个曾被我呵斥过的人肯定也是像我这样想的。他把自己的遭遇告诉凹局长夫人又起什么作用呢?给领导送礼偷偷摸摸选择在夜间,遭人辱骂更是脸上无光,怎么好意思把自己的委屈说出来呢?于是,辛雨心里很坦然了。

这天,辛雨正在家里看电视,突然间,门铃"叮咚"响起。辛雨打开门时正要骂句粗话,一看门外站着凹局长。凹局长见了辛雨就直往后退,笑笑说,哦哦,错了错了,还要上一层楼呢。

凹局长也敲错门。好险！辛雨庆幸地笑了。

烟盒里的秘密

罗山从不把整盒烟掏出来,要抽烟了,把手伸进口袋,变魔术一般,几秒钟就能摸出一支烟来,然后叼在嘴上,揿燃打火机。他是在目不斜视中完成这一连串动作的。烟民们的"烟是和气草,要抽可以讨"的信条对罗山无效。他不仅不会主动给谁递上一支烟,人家向他讨支烟抽,他也不给。

罗山原先在省城一家大工厂干钳工,被调到农机厂才三个月。他技术不错,但不苟言笑,除了一声不响地干活,就是闷头闷脑抽烟了。车间里的人对他的情况知之甚少,只知道他是半边户,老婆和孩子都在偏远、贫穷的农村。

车工班有个青工叫黄毛,凡事喜欢论个输赢。听钳工班的人背地里谈论罗山如何吝啬,黄毛便摇头不相信,说,别太挖苦人了,就是再穷也不在乎一两支烟嘛！世上哪会有这样的小气鬼？于是便有人打赌:你黄毛抽得到罗山的烟我输一条"芙蓉王"。黄毛胸有成竹地说:我赢定了。

一天车间开会,黄毛看准机会,和罗山挤坐在一条长椅上,不时往身旁瞟一眼,单等罗山把手伸进口袋,便好开口讨烟。然而,一个小时过去了,只见罗山频频打着呵欠,却不见他把手伸向

口袋。

　　黄毛想,这家伙说不定今天"断炊"了。又想,我何不趁此机会,来个先礼后兵?便掏出一盒"白沙",叼上一支后,又抽出一支递到罗山眼前。

　　罗山用手一挡,说抽不惯,又说我有。说着,左手已伸进口袋,转眼间,打火机燃了,烟也燃了,缕缕烟雾从他鼻孔里冒出来。

　　黄毛想,果然名不虚传。黄毛哪肯善罢甘休,此后,每看见罗山抽烟,就凑上去,寻着法儿讨烟抽。罗山每次都说,最后一支。黄毛满腹狐疑:一支烟看得比命还重,什么高级烟?一次,他竟动手动脚,强行从罗山口袋里把烟盒掏出来。烟的档次不低,是"云烟"。但烟盒是瘪的,打开看,果真空空如也。

　　黄毛几次碰壁,蒙了,心想:难道你罗山真的会变魔术?仔细又想,才发觉是被罗山给骗了。他记起,罗山每次都是在左边口袋掏烟,而那次的空烟盒却是从右边口袋搜出来的。

　　黄毛又好气又好笑,心里骂道:天下少有的小气鬼!看我当众戳穿你的鬼把戏!

　　机会终于来了。这天上班突然停电,大伙聚在车间大门外晒太阳,闲聊。罗山也蹲在不远的花坛边。黄毛谈笑时不忘盯着罗山的举动。只一会儿,果然见罗山把左手伸进口袋,便不失时机大声道:"罗山,给大伙每人都来一支!"

　　罗山一愣,忙把手从口袋抽出,站起身,想溜。见大伙起哄,说些刺耳的话,走了两步又站住了。他犹豫了片刻,毅然破天荒自己把烟盒掏了出来。好家伙!又是一包"云烟"。大伙一惊,这可是太阳打西边出来了!齐鼓着眼看他如何动作。只见罗山抽出一支烟叼在嘴上,随即把烟盒一捏,又揉搓几下,很潇洒地往地上一扔,说:"就剩这一支。"

黄毛见罗山故技重演,走过去抓住罗山双臂,喊大伙快快搜索罗山其他口袋。罗山在挣扎中突然用脚尖把地上的烟盒往路边踢了一下。黄毛恰好瞥见,觉得其中有诈,忙弯腰拾那被揉皱的烟盒。罗山见状,也急忙弯腰拾那烟盒,但为时已晚,烟盒已落入黄毛之手。黄毛一掂,竟不是空壳子,打开看,里面还有七支烟。

黄毛先是喜形于色,继而便惊住了:"云烟"烟盒里的这七支烟全是市场上最廉价的"芳草"牌烟。

黄毛想了想,还是把烟分发给了大伙。大伙看了看手里的烟,没有人去抽,黄毛也没有再提起赌"芙蓉王"烟的事。

回　　报

搞完秋收,村里的男女劳力都到山那面的水库培修堤坝去了。老黑没有去。老黑的腰在挑运稻谷时扭伤了。这天傍晚,老黑喝了中药刚睡下,忽然听到门被人敲响了,有话传进屋来:"老黑老黑,汽车栽到你家田里了!"喊话的是邻居。老黑忘了腰疼,拉开房门便几步小跑,立在禾场边朝公路方向打望,朦胧的暮色中,果然有团黑乎乎的东西躺在他的田里。老黑心里直乐:"嘿嘿,老尹老秋,我老黑也要发财了!"

老黑和老尹、老秋同一个村子住,三家都各有一块水稻田紧挨公路。公路在这里生出个陡坡还生出个九十度急弯。不熟悉这里路况的汽车司机稍不留神,汽车就会飞出公路,栽在高坎下

的田里。前年夏天,一辆大货车栽到老尹的田里,司机没事儿,但快成熟的水稻被压坏了一大片,于是老尹胡搅蛮缠拿到了三千元损失费。去年春天,一辆空油罐车栽到老秋的田里,损坏了一大片秧苗,老秋更胡搅蛮缠,最后拿到了四千元损失费。山村穷,三四千元哗哗响的钞票让老黑馋得流口水。老黑常在心里抱怨自己倒霉:汽车瞎了眼,怎么偏偏不栽到俺家田里呢?

老黑每天都盼望的奇迹终于出现了。老黑愉快地想,幸好我在家里,这腰疼还赶上了好时候哩!老黑叫上读初中的儿子,连跑带颠来到自家的田边时,天已经完全黑下来了。老黑用手电一照,不由得一愣,再一照,就一惊,人就像掉进冬天的池塘里,浑身凉透了。老黑脱口而出骂道,老尹,真走运,屙尿也捡钱!

栽下田的是一台蓝色桑塔纳轿车。老黑家的田和老尹家的田相邻,这汽车像是老尹家的亲戚,不偏不倚,仅隔着一道窄窄的田埂,刚好栽到老尹的田里。秋收后的田里泥土有些发硬,汽车栽下田后又顺势来了个前滚翻,四个轮子朝天地躺着。

赶来围观的都是村里的年长妇女和孩子们。有人看见了老黑,像看见了村支书一般,竟十分恭敬地问,老黑,你拿个主意,老尹家没人咋办?

老尹在水库工地上,老尹的老婆进城到女儿家养病去了。汽车又一次栽到了老尹田里,老黑心里本来就很失望、烦躁,听有人这么问他,便没好气地说,咋办?老尹在家里又咋办?田地里没庄稼了还敢敲诈人家的钱?说完这话,老黑突然意识到这话也是说给自己听的。不是么?这汽车要是栽到自家的田里又能捞到什么好处呢?田里没庄稼呀!老黑很坏的心情立时变得轻松起来。老黑轻声对儿子说,这不关俺家的事。

这时,老黑借着其他人的手电光,看见从张开了一道缝的车门里伸出一只手来,那手轻轻摇了摇,便无力地垂下了。老黑的儿子也看见了那只手,说,爹,车里的人只怕死了。黑灯瞎火的,老黑有些忌讳,呵斥儿子说,别瞎说!老黑的儿子说,要是没死,我们就去救救他们。老黑拉着儿子的手,小声说,不是在俺家的田里,不关我们的事。回去!老黑的儿子走了几步又停住了。老黑看了看儿子,儿子用力挣脱他的手,给他一个背脊看,显然是生气了。老黑突然想起儿子是三好学生。老黑看看围观的人群,除了他自己,再没有一个壮劳力。他又看看儿子,犹豫了一下,跳下田,对儿子大声说,还愣着干什么,快救人!

小车里传出微弱的呻吟声。老黑和儿子想把小车翻过来,车太沉,没翻动。老黑说,人伤得不轻,快把人弄出来!说罢父子俩就用双手当锄头奋力挖开顶住车门的泥土,挖开一大摊泥,车门才打开,才将司机移出来。司机一只手臂骨折了,另一只手捂住胸部,嘴里冒出血沫。他伤得不轻,有气无力地说,车、车里还有人……老黑和儿子合力把司机移到田埂上躺下,又去救车里的人。还在车里的是个年届六旬的老头儿,鲜血已把满头银发染红了,人已昏迷不醒。

老黑对儿子说,这两个人得赶紧送医院才行。这里离县城有30公里,离乡卫生院也有3公里。老黑想拦一辆汽车运送伤员,偏偏这时候没有一辆汽车经过这里。老黑又对儿子说,得先把伤员抬上公路,你快跑回去把偏屋的门板卸了来!儿子刚跑几步,又被老黑叫住了。老黑说,你只怕弄不好,还是我回去卸门板。

老黑一路小跑,只一会儿就背来了门板,还拿来了一根竹杠和两根棕绳。老黑和儿子首先把老头儿抬到门板上,将棕绳套在门板两头,又把竹杠穿在绳套里,老黑在后儿子在前地把伤员抬起来。要把伤员抬到比稻田高出两米多的公路上绝非易事,父子俩费了九牛二虎之力才艰难地爬完那道窄窄的坡路。

两个伤员被先后抬上了公路,但公路上还是没有过路的汽车。老黑对儿子说,这老头儿昏迷不醒,我俩先送他去卫生院。儿子嘴里喘着粗气说,我抬不动了。老黑没好气地说,和刚才一样,竹杠往你那头多移点,重量在我这头,你怎么会抬不动!儿子犹豫着弯下了腰。

忽然,从远处射来了两柱刺眼的灯光,又传来了警报器的鸣叫声,一辆白色的救护车飞奔而来。原来,汽车栽下田后,司机就忍着疼痛拨通了手机。

救护车刚刚离去,老黑就跌坐在地上,用双拳死死顶着后腰,痛苦地说,我的腰快要疼断了!儿子赶紧扶住父亲,同情地说,还说要抬他们去卫生院的,疼得这么厉害!老黑此时心里想的是,父子俩今天是白干了。他想骂儿子,但他忍住了。顿了顿,还是骂出声来,老尹!

一个月后,培修水库堤坝的村民都回村了,老黑的腰痛病却还没有痊愈。

这天中午,老黑正坐在禾场上晒太阳,忽然看见村支书来了,后面还跟来几个城里人模样的人。村支书笑嘻嘻地说,老黑,人家感谢你来了。

一个西装革履满头银发的老头儿急忙紧紧握住老黑的双手,十分感激地说,谢谢你!听说你为了救我和司机把腰也扭伤了。老黑先是一愣,后明白了,连连摇头说,不,不是……

银发老头儿是一家大公司的老板,他从皮包里拿出了厚厚一扎崭新的钞票,整整一万元。他深情地对老黑说,感谢救命之恩,请你一定收下!

老黑惊呆了,他不相信这是真的,一双手刚伸出去又缩了回来。此时,许多村民已闻声围了过来,老黑心里更慌乱了。他连连摇着手,往后退着步子说,不行不行,这怎么行呢!老黑见银发老头儿追着他走,赶忙转身跳进屋里,砰地关紧了门。

老黑在人们的叫喊声中打开门时,城里的人都已经走了,但看热闹的村民们没走,村支书也没走。村支书把厚厚一扎钞票塞到老黑手里,说,老黑,这钱你该得,你该得!

老黑嘿嘿嘿地笑了。

站在人群中的老尹和老秋羡慕地嘀咕说,这老黑!

反　差

她和他住在同一幢楼房里,上班,下班,经常能相遇,或同向而行,或面对面走过。她见到他,总要笑一笑。这笑,不是媚笑,也没有半点挑逗的意思,笑中除了包含着正常的礼仪外,更多的是那种当老师的见到上进好学的学生时的舒心和惬意。

她是老师,机械厂工人业余职校的老师。两年前她刚被调来时,人们对这位年轻貌美的少妇并没有抱多大的热情,因为她是一个局长的女儿。人们对当今人事工作上的裙带关系深恶痛绝,当官的人,子女都干着轻松、时髦的工作,谁知道她有没有真才实学呢?

"她不错!"不久,人们这样评价她。哪方面不错呢? 一,相貌不错。她有苗条的身材,眉目清秀的脸蛋。就像看戏一样,演员长得漂亮,戏自然叫人看得下去。人们愿意和她说话,愿意听

她上课。二,态度不错。她逢人便笑,露出一排整齐的洁白的牙齿。对于个别学员钻牛角尖的提问,她从不恼,从不不耐烦。三,水平不错。至于是多高的水平,很难说出,既然是老师,那么她的学识在这群"工人大哥"中间,当然是鹤立鸡群的了。

他是学生,机械厂工人业余职校的学生;又是地地道道的工人,已经干了十多年车工,现在每天仍然要在车床边站八小时。他相貌平平,衣着简朴,在如今服装花样翻新、牛仔裤、羽绒服、猎装风靡之时,从衣着上看,你简直无法分辨他是在上班还是下了班。他不苟言笑,不论见了谁,一律矜持地笑笑,笑得单调、乏味、傻乎乎。但他学习却很认真,上课听得虔诚,完成作业一丝不苟,称得上是学员中的佼佼者。她每见到他就笑一笑,是因为他成绩好,还是这好成绩里有她的功劳呢?大概兼而有之或是后者更为强烈吧!没有好老师,哪有好学生呢?

他喜欢看她笑。她从他对面走来,只隔几步远的时候,她笑了,露出一排细密、整齐、洁白的牙齿。这笑给人平易近人的感觉,这笑洋溢着女人的奔放热情,这笑也给他留下青春躁动的遐想。

一个星期天的早晨。这是一个美妙的星期天的早晨呵!天空湛蓝湛蓝,神秘而遥远。和煦的风,轻轻地掀动着林荫道旁的杨树叶子,发出迷人的沙沙声。他坐在石凳上,勾着头,旁若无人地看一本厚书。这里远离生活区,没有现代家用电子发声设备的聒噪和人们的喧哗,这里幽静而凉爽。他常来。

一会儿,她也来了。她从这经过,身穿白底碎花的连衣裙,脚踩红色的高跟鞋,肩挎别致的小包,打扮得花枝招展。见了他,她站住了,嫣然一笑说:"用功啦,看的什么书?"听到声音他抬起头来,见是她,立即很有礼貌地站起身,亮亮书的封面说:"司汤达的《红与黑》。""啊,小说!"她笑着,又不易觉察地皱了一下眉头,煞有介事地说:"下周要考试了,你要考出好成绩,考得好,可以参加全市的比赛呢!"他连忙点了点头,嘴里"嗯嗯"着。她笑笑又说:"我有金属工艺学题解,要你去拿,你怎么不去呢?"面对她光彩夺目的姿色和甜甜的话语,他受宠若惊,有点不知所措。他望着她,傻傻地笑着,不知该如何作答。

"金属工艺学题解有不懂的,尽管问我,我告诉你。"她欲走又停,用手撩撩耳边的头发,忽然转了话题,说:"知道不,蜂窝煤好不好买?"

"应该好买。"他说,"平时人多挺挤,现在是月初,月初通常是消停的。"

"你有空吗?"

"有。也可以说是没有。"他说,"你要买煤?"

她没立时作答,下意识地把挎包从左肩换到右肩,好像挺难于启齿地犹豫了片刻,笑笑说,"想麻烦麻烦你,我婆婆的姐姐家没煤烧了。"

"好的。"他合上书本。

她对他的爽快并不觉得意外。她说:"只是路远了点儿,在城郊柳叶村,路窄,要用板车拖才行。"

"啊!"他犹疑了一下,"行!我去借车吧。"

一天,机械厂里彩旗招展,热闹非凡。宽大横幅上的"热烈祝贺厂科协成立"几个大字更是吸引了全厂职工的眼球。成立大会在厂工人业余职校教室里举行,市科协领导、厂长书记们、工程师技术员们及各科室负责人鱼贯而入。她也来了。

突然,她发现了他,他端坐在最后一排椅子上。她想起他上课总喜欢坐在最后一排。她皱了一下眉头,在第三排的空位上坐下了。刚坐下,她又站起,站起又坐下,最后她还是起身,走到他面前,说:"你也来了?"没等他回话,又俯下身子,耳语似的轻声说:"这不是上课,是厂科协会员开会哩!"

她第一次与他这样近距离说话,他闻到了她吹来的令人陶醉的茉莉花香气。他定定神说:"他,他们都说,我是当然会员……"

她不解:"当然会员?!"

他正要掏出省科协科普创作协会会员证给她看,她已转身走了。

她和他依然每天相遇,少时有两三次,多时有五六次,或同向而行,或面对面走过。他每次见到她都要习惯性地用点点头的方式打打招呼。但她每次都木着脸,目不斜视的。

买　卖

杨岗是个专卖皮鞋的个体户,生意一直不错。自从隔壁一家挺气派的百货大楼建成营业后,他的小店便日渐萧条了。

和新婚的妻子小玉去广州度蜜月前几天,杨岗挂出"大出血"牌子,要把剩下的皮鞋贱卖掉。

来了一对青年男女。女的问:"这鞋什么牌子?"

杨岗答:"牛头牌。"

男的说:"就买牛头牌的,名牌呢!"

女的便仔仔细细看鞋的商标,又反反复复看鞋底鞋帮,问:"真牛头还是假牛头?"

"百分之百的正宗货。"杨岗没有撒谎。

女的半信半疑地看看杨岗,看看皮鞋,又看看杨岗,看看皮鞋,然后放下鞋,对男的说:"百货大楼也有。"

"那里的和这一模一样,价格比这贵30元呢!"杨岗想留住他们。

女的又对男的说:"大店子'水货'少,贵点值。"

"嗨,百货大楼的牛头牌皮鞋还是从我这儿进的货哩!"杨岗大声说。他也没有撒谎。

男女青年还是走了。

男女青年从百货大楼出来时,杨岗看见那男的提着皮鞋盒。是牛头牌。

杨岗便骂:"钱多了是不是?"

又来了个中年男子,问:"这鞋什么牌?"

杨岗答:"牛头牌。"

中年男子仔仔细细看鞋的商标,又反反复复看鞋底鞋帮,说:"真牛头还是假牛头?"

"不是真的你砸了我的店!"杨岗很认真地说。

中年男子将信将疑地看看皮鞋,看看杨岗,又看看皮鞋,看看杨岗,然后放下鞋,欲走。

杨岗说:"真心买再便宜10元。"

中年男子说:"当然要买。"

中年男子又说:"我到百货大楼看看。"

"那里的和这一模一样呢!价格比这里的贵30元哩。"杨岗想留住他,"他们的牛头牌皮鞋还是从我这儿进的货呢……"

中年男子头也不回。

一会儿,中年男子从百货大楼出来,手里捧着鞋盒。也是牛

头牌。

杨岗又骂:"钱多了是不是?"

又来了一个老头……

又来了两个青年学生……

问者倒是不少,成交的却没有。

杨岗发火了,对妻子小玉说:"不卖了,关门! 提前度假去!"

杨岗和小玉在广州痛痛快快玩了两个星期。归前,小玉提出买台进口的摄像机玩玩。

杨岗说好,我也早想买一台,买就买日本索尼的。

他们到白天鹅宾馆购物中心问价,家用索尼牌摄像机要价一万多元。

杨岗说:"货比三家,到别的商店看看。"

他们走进一家挂着"家电总汇"招牌的个体商店。

杨岗问:"有家用索尼摄像机吗?"

"有,索尼,名牌呢!"店主指着柜台上的陈列品道。

杨岗仔仔细细看摄像机的标志,又反反复复看摄像机的结构、式样,问:"是组装的还是原装的?"

"百分之百的日本原装。"店主没有撒谎。

"多少钱?"

"8538元。"店主答。

"比购物中心便宜两千多块,买吧!"小玉说。

杨岗问:"一样的牌子和型号,怎么会便宜这么多?"

店主答:"个体经营,价格灵活嘛,已卖掉好多台了,薄利多销嘛!"

杨岗满腹疑虑:"不是冒牌货吧?"

"要是冒牌货你砸了我的店!"店主很认真地说。

杨岗半信半疑地看看店主，看看摄像机，又看看店主，看看摄像机，然而，拉了小玉一把，说，"我们到别的店子看看。"

"嗨！不骗你的嘛，真的货真价实啦！"店主想留住他们。

"我们等会儿来买。"杨岗头也不回。

杨岗和小玉终于有了一台日本索尼牌家用摄像机，是到白天鹅宾馆购物中心买的，花了一万多元。

蓝色饭盆

成了家的职工大都不到食堂吃，而自己做菜煮饭又挺麻烦的。最近，食堂在锅炉房外安了个蒸饭柜，煮饭的事就省了，把米淘洗干净往蒸柜里一搁，下班后去端饭就行。

这天早上，小邱去蒸饭时，发现蒸柜第六层也就是最上层的空间已经被许多颜色各异、形状不同的饭盆占领了。最上层的优越性都懂，这里温度最高，蒸的饭最香，蒸鱼蒸肉也烂熟，还不用担心上面有汤水流到饭盆里。小邱见四周一时无人，便用自己的饭盆取代了一个蓝色搪瓷饭盆的位置，把蓝色饭盆移到了下一层。

中午，小邱去端饭时，碰巧马局长也在端饭，当两只右手几乎同时触摸到各自的饭盆时，马局长突然扭头盯了小邱一眼，鼻孔里哼了一声。当小邱发现马局长端的是个眼熟的蓝色搪瓷饭盆时，他一下子呆了，哎呀，我把马局长给得罪了。

小邱闷闷不乐地对老婆说，我本想认个错儿，马局长匆匆走

了。老婆也急了,说,这个错也难认哩,马局长心里有气,表面上也不会承认自己是个小心眼呀! 小邱于是很苦恼。

人不顺心,但一日三餐还不能少。一天,小邱去蒸饭时,发现第五层有个蓝色搪瓷饭盆装满了配好调料的腊鱼块,小邱一眼就认出了这是马局长的饭盆,心想又是哪个冒失鬼重蹈覆辙来了个"调马换将"。小邱又想,中午马局长发现饭盆又换了位置,说不定又要怀疑到我头上,那可就浑身长满嘴也说不清呀! 想到此,小邱立即从最上层取出一个白色饭盆放在了第五层,然后用马局长的蓝色搪瓷饭盆取代了其位置。虽然小邱清楚他的这一"义举"不会被局长知道,但心情却轻松了许多。

中午,小邱发现自己的白米饭有好大一块成了深色,一闻,是浓浓的腊鱼气味;再一看,是从马局长那蓝色搪瓷饭盆里流下来的。小邱正后悔自己的饭盆没放对地方,见马局长已走了过来。小邱忽然灵机一动,把饭盆送到马局长面前,微笑着说,局长,我今天的口福真好,您饭盆里的精华都流到我饭盆里了,最美美不过鱼汤泡饭,您闻,多香!

马局长看了小邱一眼,没吭声,从蒸柜最上层的角落里取出一个蓝色搪瓷饭盆后,说,我蒸的也是白米饭。小邱仔细一看,见鬼! 竟有两个一模一样的蓝色搪瓷饭盆!

小邱回家后,把饭统统倒掉了。小邱和家里人都不爱吃鱼。

高　招

　　是吉夫自己提出为厂里去收这笔货款的。

　　吉夫在风姿毛巾厂供销科工作,近几年许多中小型企业不景气,风姿毛巾厂也难逃厄运,产品销不出去,货款收不回来,日子过得捉襟见肘。

　　急得焦头烂额的厂长盯着又矮又瘦的吉夫,使劲摇摇头说:A省B市C公司赖账,几次派人去也收不回的货款,你有本事收得回?

　　吉夫说:我试试吧,别人收不回,不见得我也收不回!

　　厂长当然希望好梦成真,便以略带激将意味的口吻说:"你讨回了这笔债我奖你3000元!"

　　翌日,吉夫便走进A省B市C公司,推开D经理办公室的门。

　　吉夫递上自己的名片。矮矮胖胖、面色红润的D经理先皱皱眉头,后露出微笑,起身和吉夫握了握手,说:呵,风姿厂的,请坐。

　　吉夫开门见山地说:经理,我是来讨债的。

　　D经理说:我公司目前入不敷出,别人欠我公司的钱也收不回呀!

　　吉夫说:贵公司与别人的事,和风姿厂无关。

　　D经理沉吟一下说:你们厂上个月来过两拨人,我对他们都

说了,这笔货款再缓一下。

　　吉夫说:拖两年了,不能再缓了!

　　D经理说:我和你们厂长通过电话的,他很体谅我……

　　吉夫在沙发上坐下说:不!是厂长派我来的。

　　D经理忙起身泡了杯茶,放在吉夫面前的茶几上,然后友好地挨吉夫坐下,笑着说:别急,先喝杯茶。

　　吉夫却打开自己的提包,取出一只有旋盖的玻璃杯说:我用自己的口杯……

　　D经理说:我们的杯子天天消了毒的。

　　吉夫没吭声,用手揉揉上腹,脸上现出难受的表情。

　　D经理见状说:还没用餐吧?

　　吉夫说:不,不是,肝区有点不适……

　　D经理:你病了?

　　吉夫忙说:没什么,没什么!小毛病。

　　吉夫起身给自己的玻璃杯斟上开水,又从口袋拿出一瓶药丸,放在茶几上,说:只顾赶路,忘了服药。

　　D经理看了看药瓶标签,又看了看瘦弱的吉夫,问道:你有肝炎?

　　吉夫倒出几粒药丸放进嘴里,用开水送服后说:没事,没事,小毛病。

　　D经理顿时像躲避瘟疫似的坐回办公桌旁。随即拿起电话,抬头对吉夫说:出差在外,很辛苦的,你有病更辛苦。这样吧,我给你到宾馆开个房间,你先去休息休息。

　　吉夫说:住宿的事,我自己办好了。

　　D经理想了想说:我马上派人给你买回程车票。货款问题,你放心,我公司会尽快想办法的。你们厂长也真是,你有病还派你出差！

吉夫说：不！收不回货款，我就不回去！

D经理一边拨电话一边说：别这样嘛！

吉夫急忙走到办公桌前说：经理，先别打电话，你不给货款，我回去不好交代呀！

吉夫随即用手摸摸鼻子，突然朝着D经理，连连打了两个响亮的喷嚏。

D经理反应异常迅速，急忙放下电话屏住呼吸，用手帕捂住脸。

吉夫连忙说：对不起，对不起！把喷嚏打到你脸上了。吉夫掏出手帕，要替D经理擦脸。

D经理敏捷地躲开了：没关系，没关系！

吉夫说：经理，我们厂长说，收不回货款，就叫我住下来，我得天天来找您。

D经理紧皱眉头想了想，站起身来说：我公司目前实在是有困难呀！我想想办法……

吉夫说：经理，我明天来听消息。

D经理说：哎，你稍等吧，我到财务科走走，看账上有钱没有。你坐。

吉夫觉得蹊跷，查账干吗不打个电话问问？吉夫把头伸出门外，见D经理并未去财务科，而是径直走到过道尽头的水池子边，拧开水龙头。先是反复洗手，后用双手掬水，仔细擦洗脸部，又漱了口，忙乎了好一阵子才回转身来。

D经理一会儿回到办公室对吉夫说：你这次来，运气好。我们账上刚进了15万元。

吉夫满载而归。吉夫找到厂长，说：我来领奖金。

厂长眉眼都是笑,说:奖金一分不会少。说说你讨债的高招,我也好见识见识。

吉夫本不肯说,在厂长的催促下,还是说开了。

厂长没听完就打断吉夫的话:别说了,你这小子……

厂长记起,几年前,吉夫要求从生产车间调到供销科,他开始坚决不同意,后来……

告　状

赛赛和飞飞是夫妻。飞飞不务正业,醉了酒输了钱什么的,就拿赛赛出气。赛赛常常挨飞飞的打。飞飞很狡猾,不打赛赛的头和脸,专打赛赛的胸部、背部和下身,打那些旁人看不到的地方。赛赛是个很漂亮的女人,也是个很要面子的女人,挨打时强忍着疼痛一声不吭,她不想让旁人知道。

赛赛遍身是青一块紫一块的伤,她终于无法忍受了,决定去告状。赛赛不想惊动村里的人,一天,她趁飞飞出门早不在家时,悄悄去了乡派出所,办公室里一个瘦男人在看报,睃了赛赛一眼说,有事吗?赛赛说,我来告状!瘦男人头也不抬说,告谁?赛赛说,男人打女人你们管不管?瘦男人这才放下报纸,侧过脸问,现在还在打吗?赛赛说,现在没打,等会儿肯定又会打!瘦男人说,打的时候再来叫我。赛赛很为难地想,我挨打时不能来,能来的时候没挨打呀。赛赛又说,那男人狠毒得很,女人被打得好惨!瘦男人说,会打死吗?赛赛愣了愣说,打死?现在不管,打死就迟了。瘦男人皱皱眉头，突然想到了什么，说，你还是去找妇联主任反映吧，在楼上。

赛赛推开乡妇联办公室的门，看见一男一女好像在说笑话儿，都很开心的样子。男的马上冷了脸说，找谁？怎么不先敲门！赛赛说，我找妇联主任。男的没好气说，妇联主任不在！女的朝男的使个眼色，接过话头说，找我？找我有什么事？赛赛犹豫着不吭声，她不想当着这男人的面说自己的事。女的说，有什么就说，他也是乡政府的。赛赛见那男的没有离开的意思，只得说，我要告状。女的问赛赛，你是哪村的？告什么状？赛赛说我是赵村的。犹豫了片刻，又说，男人打女人，打得好狠！你们管不管？女的问，是打你吗？赛赛轻轻嗯了一声。女的看见赛赛衣着整齐，头发不乱，脸上光洁，没有被狠打的痕迹，又说，是打你吗？赛赛说，嗯。女的说，打你，怎么看不出来？赛赛被问住了。赛赛当然不肯露出自己的胸、背和私处让这男人看见。赛赛停了一会儿，灵机一动，撒谎说，这挨打的女人是我的邻居……赛赛的话头立刻被那男的打断了，男的口气生硬地说，挨了打的人不来告状，说明没什么大事，你管别人家里的事干吗！赛赛想到自己一进家门准挨飞飞的狠打，就说，那个男人天天都打女人，女人现在肯定也在挨打。你们派个人跟我去看看吧。男的说，你怎么知道女人正在挨打？你有千里眼顺风耳？赛赛被戗得住了嘴。女的见赛赛没话说了，缓和了口气说，我们正在谈工作，很忙。你告诉那个挨打的女人，要她改天自己来说。

无奈之际，赛赛又悄悄跑回娘家。赛赛对娘说，我再也不回那个家了。娘说，是不是两口子闹别扭了？赛赛点了一下头。娘说，夫妻没有隔夜仇，忍一忍就过去了。赛赛忍不住眼泪断线珠子般流下来，说，娘，飞飞好凶呵！娘说，他打你了？赛赛说，打了。娘急忙说，打的哪里？让娘看看。赛赛不想让娘看见她身上的累累伤痕，她怕娘难过。赛赛擦了擦眼泪强笑了一下，撒谎说，打了我两巴掌。娘轻轻呵了一声说，还好还好。比我当初……当听见赛赛的爹闷闷的一声"哼"，娘立时刹住话头。停了停，娘又对赛赛说，没什么大不了的事，回去吧。赛赛说，我想在娘家住住。娘偷偷看了一眼赛赛的爹说，住多久？赛赛怯怯地说，住下就不走了。娘急了，说，使不得！这要遭人笑话！一直闷头抽烟的爹也发话了，说，嫁出去的女，泼出去的水！爹娘都不肯收留赛赛，赛赛也没敢在娘家久留。

　　赛赛匆匆往家里赶，离家越近她心里越害怕。果然，赛赛一走进家门就被飞飞扇了一巴掌。赛赛说，你怎么无缘无故打人？飞飞说，你死到哪里去了？午饭也不做！赛赛不想理睬飞飞了，赶紧走进厨房生火做饭。飞飞追到厨房里说，我问你，你上午死到哪里去了？赛赛说，我有事回娘家去了。飞飞说你回娘家告状去了是不是？赛赛还来不及回话，飞飞的脚已踢到赛赛腿上，很重的一脚，赛赛一下子跌坐在地上。赛赛一边说"你怎么这样狠毒"，一边忍着疼痛从地上爬起来去切菜。飞飞没料到自己的脚也给踢疼了，又恼怒地挥着擀面杖向赛赛奔去。赛赛忍无可忍，气急败坏，一扬菜刀，刀刃不偏不倚地吻在了飞飞的脖子上，飞飞的脖子顿时血如泉涌。飞飞死了。

　　赛赛杀夫的事传得风快，很长时间是人们茶余饭后谈论的话题。一家电视台的法制栏目还为此做了一档节目。节目里，赛赛的邻居说，这事不能怪我们。有句俗话，夫妻打架不用劝，中间有根和气"钻"嘛！乡里的有关负责人说，赛赛本人没有如实反映情况，清官难断家务事呗！法律专家说，这是一桩典型的因为家庭暴力引发的刑事案件，值得进行深入探讨……主持人最后语重心长地说,赛赛原本是个受害者,但她不学法不懂法,不知道用法律武器保护自己,结果把自己也断送了……

赛赛的父母边看电视边以泪洗面。

防盗网

滕局长上班看报时看到一则社会新闻,不由得吃了一惊。回家后他把新闻告诉夫人筱琴,说一个盗贼偷了一家当官的,盗贼后来是被抓住了,可这当官的也落了马……筱琴没听完就着急地说,我家光有防盗门还不行,得把阳台、窗户都安上防盗网!滕局长说,对,安上防盗网才保险。并要筱琴到加工厂联系做防盗网的事。

第二天,筱琴告诉丈夫说明天做防盗网的人来量尺寸,还负责把防盗网安装到位。滕局长却说,防盗网不安了。筱琴发现丈夫脸色不好,忙问为什么。滕局长指指门外,闷闷地说,我仔细琢磨过,这防盗网安不得,安了他又有话说我了……

滕局长所说的"他"是指住在对门的丁大勇。

滕局长这几年春风得意,事事顺心。唯一令他不愉快的就是丁大勇和他门对户住。

前年局里修建了三栋坐北朝南的宿舍大楼,局领导先挑房,都挑了不当太阳西晒的楼东头,结果后勤科科员丁大勇就住在了楼西头,和滕局长门对门。按理说,丁大勇作为普通干部能和局长"平起平坐"当邻居也该心满意足了,可他不。他不仅不和滕

局长和平共处，还时不时挑滕局长的毛病。首先，他一封检举信告到市里，说滕局长在修建宿舍楼时收了包工头几万元红包。后来检举信到了滕局长手里成了一张废纸。哪知春节后，丁大勇又到处说提着大包小包给滕局长拜年的人有五十一人，说得有鼻子有眼。滕局长气得喘粗气，想发作又觉得丁大勇统计得确实八九不离十。滕局长只希望有一天丁大勇有事犯在他手上，狠狠治治丁大勇，但丁大勇除了爱管"闲事"外，干工作挑不出毛病。想到自己的一举一动都在丁大勇的监视之下，滕局长又沮丧又害怕，见了丁大勇就没个好脸色，有时丁大勇主动和他打招呼他也觉得是不怀好意，爱理不理的。

听丈夫说不安防盗网了，筱琴很不服气，说，住一楼的能安防盗网我们怎么就不能安？滕局长说，一楼是因为盗贼入室太方便了，当然要安。如今二楼以上的住户都没安防盗网，我们家住三楼要是安了就太显眼，太出格了，不是又给丁大勇提供说三道四的材料吗？你真是女人见识！筱琴觉得丈夫说得在理，又忧心忡忡地说，要是盗贼翻窗进我家偷呢？滕局长说，人不在家时把门窗统统关牢！

没安成防盗网，筱琴整天提心吊胆的。有几回在单位上着班，她突然想起出门时忘了把窗户关上，请假回家看，窗户关得严严实实的。她只好在心里一遍遍生丁大勇的气。

这天，滕局长回家满面春风地对筱琴说，今天我把丁大勇给治了治。筱琴急忙问，是怎么个治法？滕局长说，后勤科要提拔一名副科长，几个副局长都推荐丁大勇，说他资格老能力强，副科长非他莫属。最后是我说了算，我一句话就把这个职位让给了比丁大勇小十岁的小刘姑娘。丁大勇听到这个消息不哭才怪了。筱琴甜甜地一笑，说治得好。

一天半夜,滕局长和筱琴被"抓强盗抓强盗"的呼喊声吵醒了,赶紧起床察看自家门窗,都紧紧关着,才放了心。室外人声嘈杂,开门问,是丁大勇家进了盗贼。丁大勇正对楼上楼下赶来的人说,这盗贼翻窗入室还拿着刀哩,我操根木棒才把他赶跑。滕局长又吃惊又好奇,忙问丁大勇被偷走的东西多不多?哪知丁大勇话里带着刺儿说,我家哪有钱和值钱的东西让他偷呀,这家伙许是搞反了方向找错了门儿!滕局长被这两句话戗得连忙关上门。

双休日的一天,滕局长正在家里看电视,忽然外面传来电钻在墙壁上打孔的噪声。他开窗看,是丁大勇家在安装防盗网,还听见楼上楼下许多住户问丁大勇要花多少钱,丁大勇说,贵哩,花了三千多元。我没多少钱,可盗贼有刀子,老婆孩子的性命要紧呀!问的人都说,对!我们也安。

隔了几天,滕局长突然在局务会上宣布:小刘姑娘另作安排,丁大勇任后勤科副科长。

老爸有病

楼房垮了才好。这话是老董当着儿子儿媳的面说的。

儿子儿媳听了这话都一愣,忙问,爸,您刚才说什么来着?老董说,我说这楼房垮了才好!这回,儿子儿媳都听得真真切切,吃惊得嘴巴都成了"O"字。

成了家的儿子过去难得回一趟家,不是儿子不孝敬父母,而是老董那五十年代的旧房子太小了,再也容不下增加了的后辈们。自从老董退休后搬进了局里新修的宿舍楼后,儿子儿媳带着自己的孩子差不多每到周末就回来了。合家团聚本该是欢声笑语,其乐融融,可老董却愁眉不展,时不时从嘴里蹦出一句"这楼房垮了才好"。董大妈起初以为是老头子图安静想把儿孙们轰走,后观察不是那么回事,因为每当周末来临,老头子都要反复嘱咐她多买些好吃的,款待儿孙们。

儿子儿媳从母亲那里得不到答案,就又问父亲,爸,楼房好好的,哪会无缘无故垮掉呢?

老董的目光在房顶上扫来扫去,说,这楼房不会垮吗?垮了才好!

儿子儿媳也举目四望:雪白的墙体,雪白的房顶,简直是洁白无瑕。他们异口同声说,这么漂亮的房子哪会垮掉呢?

老董阴沉着脸,端着茶杯的手有些颤抖,情绪激动地说,这楼房外表漂亮就好吗?垮了才好!

还是这句话。董大妈听得烦了,冲着老董没好气地说,儿孙们都在这里,你说点吉利的话好不好!

吃了中饭,老董不声不响弯到床上睡去了。儿子儿媳反复掂量父亲说的那句话,总觉得不对劲儿,于是指着自己的脑袋,悄悄问母亲,妈,爸这里是不是出毛病了?董大妈连忙制止说,哪能呢?他瞎说你们可别瞎猜想!

儿子儿媳心里还是不踏实,回去后又到几家医院进行了咨询,医生说,人老了,有些毛病说来就来了,到医院来查查才好下结论。

儿子儿媳放心不下父亲,好不容易挨到周末,便匆匆赶回老家。进门后发现父亲不在,到厨房问母亲,妈,爸呢?董大妈说,你爸到隔壁串门去了。儿子儿媳又问,爸还说楼房垮了才好这句话吗?董大妈叹了一声说,这几天他不仅说楼房要垮了,还说苟局长被抓起来了。

苟局长是老董单位的头儿。

儿子儿媳连忙问,苟局长被抓是不是真的?董大妈说,别听你爸瞎说!我打听过,苟局长天天都上班,好好的。儿子儿媳又问,你问爸,爸怎么说?董大妈说,我几次问你爸是听谁说的,你爸挺不耐烦,一个劲儿地说是真的是真的……儿子儿媳听了情不自禁说,坏了!爸的脑子确实出问题了。

正说着,老董回来了,他来不及换穿拖鞋,就去开电视机,见儿子儿媳回来了,又连忙招呼说,都过来,快来看电视,局长真的被抓起来了!

电视里正在播送焦点新闻,说的是外省××市一座竣工不到一年的大桥突然坍塌了……

老董边看电视边眉飞色舞地说,哈哈,局长终于被抓了,抓得好!

儿子儿媳被父亲的言行惊呆了,忙把母亲拉到房里十分忧郁地说,老爸的脑子肯定出毛病了,得赶紧去医院检查检查。

董大妈也慌了神,但她仍然不赞同儿子儿媳的说法,她摇摇头说,你爸生性心直口快,从来心里窝不住气,脑子哪会出什么毛病呢?

儿子儿媳便举例说他们隔壁的一个老头儿,离休不到一年就患了间歇性精神病,整天说些让人听不懂的话。

董大妈终于害怕了,好说歹说把老董弄到医院里做了全面检查。检查结果是:除了血压稍稍偏高,其他什么毛病也没有。

阿玲的心病

阿玲要老公阿祥一同去参加阿惠的婚礼。阿玲说,听说阿惠的老公是一家公司的总经理,很有钱,去看看那场面是啥样儿。阿祥说机关里有事,去不成。阿玲到哪去都喜欢邀上阿祥,于是娇嗔地说,我要你陪我去。阿祥正色说,那不行,公家的事耽误不得的。

傍晚,阿祥刚进门就问,阿惠的婚礼可热闹?

阿玲不吭声,闷闷不乐的样子。阿祥说,谁惹你生气了?

阿玲一扭身子说,男人没一个好的!

阿祥赶紧挨阿玲坐下,赔笑说,你骂我?一次没陪你,就发这么大脾气!

阿玲把阿祥伸过来的手打了一下,说,男人该骂,就该骂!

阿祥逗趣说,好,以后时时刻刻陪着你,你上卫生间我也跟着。

要是往常,阿玲早亲昵地贴上去,搂着阿祥那结实的臂膀乐得喘不过气儿来。这回没有。阿玲噘起嘴,说,别逗了,烦人!

阿祥被弄得莫名其妙。

打这天之后,阿祥发现阿玲变了个人儿似的,话儿少了,笑容也没了。阿祥觉得很蹊跷。阿祥说,你这些日子是怎么啦?

阿玲说,没什么。

阿祥说,你肯定有事瞒着我。说吧,说了痛快些。

阿玲本不想开口，见阿祥一再追问，就说，你说说，那年车祸中要是我摔死了，你现在是不是又结婚了？

　　那是前年的事了。阿玲和单位的姐妹去三峡旅游，汽车翻越一座大山时，在一个急弯处冲下山坡，幸好被一片树林挡住了，阿玲才幸免于难。

　　阿祥说，别说傻话，你不是平平安安的吗？

　　阿珍眼里闪着泪花，说，当然是平平安安的啦，要不，现在家里坐着的女人就不是我了！

　　阿祥被逗乐了，笑着说，你的想象力真丰富，哪会有这种事！

　　阿玲说，怎么没有？阿惠老公的前妻死了还不到两个月呢！

　　原来如此！阿祥觉得心里一块石头落了地，说，想这干吗呀？他是他，我是我。你真发生那种事，我是好男不娶二妻。你还不了解我？

　　阿玲双手一下搂着阿祥的脖子，说，你骗人，我才不信。

　　阿祥和阿玲的结合是经过斗争才实现的。阿玲的母亲坚决反对这门亲事。当年的阿祥不是办公室主任，只是个机关里的勤杂工。阿玲很看重感情，阿祥更珍惜这份情意。

　　阿祥有空就陪着阿玲，但阿玲仍是郁郁寡欢的。阿玲的庸人自扰，令阿祥很不安。阿祥想，如不趁早使她从这个误区里走出来，还不知会发生什么事呢！

　　一天，阿祥小心翼翼地说，玲，到医院看看医生吧！

　　阿玲说，你不舒服？

　　阿祥说，只是想检查检查，你也检查检查。

　　阿玲不悦地说，没病去医院干吗呀，你要去你去，我不去！

　　阿玲越来越憔悴，终于病倒了。经诊断，是患了严重的心理障碍综合征。阿祥请了假，到医院悉心照顾阿玲。他决心配合医生用自己的爱治好阿玲的病。阿祥照顾起阿玲来非常有耐心。

阿玲说,我想吃糖包子。糖包子买来了,阿玲又说不吃,我想吃米粉。米粉端来了,阿玲又说不吃,我想吃面条。面条端来了,阿玲还是不吃。阿祥知道阿玲平时最喜欢吃面条,就用筷子喂阿玲吃。阿玲于是一口一口地吃得嗞儿嗞儿响。

女病友们都羡慕阿玲,说她找了个好老公。阿玲表情木木的,说,男人,男人没一个好的！一句话吓得病友都闭了嘴。病友都纳闷:这女人怎么啦?

阿祥忙得人瘦了一圈。一天,阿祥又去小吃店给阿玲买面条,却再也没有回来。一辆卡车冲上人行道,当场压死两人,其中就有阿祥。

阿玲哭得死去活来。令人惊异的是,料理完阿祥的后事,阿玲的病竟奇迹般痊愈了。只是她不敢回到家里,家里的每一件东西都会勾起她对阿祥的思念。她甚至不敢吃她喜欢的面条,看见面条她就泪如泉涌。

娘见阿玲这样,劝她回娘家住些日子,她便依了。一天,娘对阿玲说,这都是命呀,当初听娘的话现在也不至于这样。

不听不听！阿玲恼怒地大叫起来。她不能容忍娘说阿祥的不是。阿玲又赌气回到她和阿祥共同营造的小巢里。

日子流水般过去。阿玲的生活空洞而寂寞。听说,在阿祥去世半年后,阿玲嫁给了一个建筑包工头。

逆　转

　　S公司投入巨资开发的新产品BB豆奶,经有关部门鉴定,无论是色香味、营养价值,还是卫生指标均堪称上乘。但上市后却遭冷遇。总经理王戈责怪销售部经理老陈工作不力,没有打开市场。老陈十分委屈,说在电视上报纸上都做了广告,算是家喻户晓了,消费者不敢问津,我认为是BB豆奶价格高了。

　　王戈很反感这样的评价,语气生硬地说,一份货一份价,不赚钱,你我去喝西北风?

　　翌日,王戈总经理去省城开会,临行前又对老陈说,限你一周之内打开销路,否则,我另请高明!

　　端别人的碗,受别人管。老陈只得忍气吞声连连说"是、是、是"。

　　老陈使出浑身解数,除继续在电视上报纸上加大广告宣传力度外,还天南海北地打电话,发电报,恳求老客户高抬贵手,拉他一把。广告费、电话费花了不少,但毫无收效,客户们均以市场疲软、各类食品已大量积压为由而拒绝BB豆奶。

　　一转眼三天时间过去了,老陈仍没有找到打开销路的良策。平心而论,老陈是舍不得离开月薪3000元的销售部经理职位的,何况年终还有丰厚的红包呢!BB豆奶保质期很短,眼看第一批产品要过期了,老陈心急如焚。他思前想后,决定变守株待兔为主动出击。主意一定,一辆装满BB豆奶的双排座货车就开到了

大街上。车厢两边挂着红布白字的宣传横幅,如斗的"BB豆奶"几个大字十分夺目。老陈和几个销售人员手执便携式扩音器不歇声地说着BB豆奶如何如何好之类的话。围观者众多,问价者也不少,但都嫌贵,不买。几个嘴馋的小孩嚷着要喝,大人却说,都不买,买啥?硬拽着把小孩拉走了。小孩恋恋不舍,大哭。老陈被小孩们的表现感动了。老陈只恨自己不是总经理,这BB豆奶不是自己的。要不,他真会送一些给小孩们品尝。

一连几天,老陈都带领销售人员上街,但仍无法煽动起市民的购买欲望。

这天是星期天,也是王戈总经理回公司的日子。老陈不顾销售人员的埋怨和反对,又吩咐把装满BB豆奶的货车开到大街上。他知道这样做是徒劳,但他想让王戈看到他老陈为销售BB豆奶是费了心尽了力的。他实在是不愿离开S公司。

王戈总经理一回公司,就派人把正在大街上吆喝买卖的老陈叫到办公室,劈脸就对老陈一顿呵斥,你沿街叫卖,岂不是往本公司脸上抹屎吗?BB豆奶是新产品,不是处理货!把老陈训得只差寻个地缝钻进去。最后,王戈用不容商量的口气说,我正式通知你,你被解雇了。被你拉到大街上丢人现眼的BB豆奶也别拉回了,就算这个月我给你的工资和奖金吧!

老陈没料到王戈会如此绝情,他气愤至极,真想把这车BB豆奶扔进臭水河。他转念一想,我留着也喝不了,卖又卖不掉,不如送给小朋友们喝算了。再者,BB豆奶无人要,现在免费送人喝,看你S公司还有没有面子!看你王戈还神气不!

BB豆奶不要钱,白喝!小朋友每人一瓶!老陈一吆喝,这消息便长了翅膀。这天,有数不清的小孩喝到了BB豆奶。

老陈觉得出了一口恶气。

令老陈万万没有想到的是,第三天,王戈总经理就亲自登门,要他继续担任销售部经理,并许诺每月再增加工资一千元。王戈总经理称赞老陈的"欲擒故纵"销售法,说这一招使BB豆奶成为市场抢手货,受到小朋友的青睐。

老陈迷糊了,他怎么也不相信这是真的。

人生转折点

填饱肚子了再打。那三个人把麻将牌往方桌中间哗啦啦一推,对二癞子说。

这里是二癞子的家。那三个人是二癞子约来的。二癞子抬腕看表,正是凌晨两点整。二癞子是一人吃饱了全家不饿的单身汉,没有婆娘供他使唤,便起身到厨房去了。从厨房出来,二癞子说家里没有现成的东西吃,我到商店去买些啤酒、饼干。那三个人说,这个时候哪有店还营业?二癞子今天手气不错,赢了几张"工农兵",心里美滋滋的,说我自有办法,便出了门。

外面月黑风高,风刮得远处的、近处的树木阵阵作响。二癞子打了个寒噤,缩着脖颈往村口摸去。

村口路边有间破旧木板房,房主是个姓陈的孤老头。房子用土砖隔成两间,里面一间睡人,外面一间有简易柜台、简易货架,放着烟、酒、糖果、糕点什么的。陈老头无儿无女,全靠这小买卖糊口。

陈老头睡得正香,忽被摇鼓似的敲门声吵醒,警觉地支起身子问,是哪个?

二癞子忙说:是我呀,是我!

陈老头听出是二癞子,说,你深更半夜还没睡,又赌了?

二癞子说今天手气好哩,饿了,买点吃的。陈老头擦亮火柴,瞅瞅桌上锈迹斑斑的闹钟,把腿伸出被子又缩回去了。天冷,他不想起床,说天快亮了,等会儿来买吧!

二癞子哪里肯依,又使劲捶门。

陈老头无奈,只得穿衣下床,燃起蜡烛打开屋门后,把蜡烛放在柜台上。

二癞子向门内跨了两步,站住,说了一遍要买的东西,便低头掏出钱清点。

陈老头在昏暗、跳跃着的烛光里从货架上取东西时,迷迷糊糊中发现有些不对劲儿:噫!两条"芙蓉王"哪去了?噫!饼干怎么一袋也没了?陈老头只得弯腰把手伸向柜台下的角落里,角落里黑咕隆咚的,烛光照不到那里,那里有只大木箱,是储藏糕点的。

陈老头突然缩回手,惊诧地"啊"一声,他的手刚才摸到了一颗人头。

陈老头叫道:小偷,小偷!

确实是小偷。小偷早已潜入屋内,行窃中,忽听有人敲门,又听房主陈老头醒来,来不及从壁洞逃走,惊慌中钻进木箱躲藏。小偷见被发现,拔腿往柜台外逃。

陈老头气急败坏中一把揪住小偷的衣领。该刀杀的!偷我孤老的东西,不怕遭雷劈!

陈老头又叫:二癞子,帮帮忙!

二比一。小偷急红了眼,从怀里掏出把尖刀,一扬手,利刃刺入陈老头胸膛。拔了刀,小偷又朝门口闯去。

二癞子飞起一脚,踢掉了小偷的刀,然后一边拦腰死死将小偷抱住,一边大声呼喊:抓强盗,抓强盗!

惊醒的众邻居围过来把小偷捆了个结实。

二癞子和众人看柜台内的陈老头,陈老头倒在血泊里,人早已没气儿了。

杀人偿命,强盗被判了死刑。

几乎与此同时,县里召开见义勇为表彰会。二癞子临危不惧,生擒杀人凶手,光荣出席表彰会。他得了一本大红荣誉证书,又得到奖金两千元。

二癞子怀揣奖金,很神气地在村里转悠。见一牌友过来,他拍拍鼓鼓囊囊的腰包说:两千元,你想赢么?

牌友撇撇嘴说:还高兴呢!你听没听见别人怎么议论?说你那两千元钱花不得的,两条性命呀……

两条性命?二癞子蒙了。牌友边走边回头:是呀,你仔细想想。二癞子就仔细想。想后,那脸陡地黑了下来。第二天,二癞子找到县里,说我不要这奖金,也不要这荣誉证书。县里的人很诧异,问,这是怎么回事儿?

二癞子吞吞吐吐,他没胆量把牌友说的再说出来。县里的人说这是荣誉,不要也得要。二癞子说,我不要,我真的不要!县里的人便称赞二癞子谦虚,称赞二癞子高尚。二癞子只得悻悻而归。

隔了几天,乡福利院破天荒收到两千元汇款,人们正在议论这笔钱是谁寄的时,一放牛娃来报告:二癞子正在家门外燃起大火,不知在干些什么。众人赶去打探究竟,却不见二癞子,只看见屋旁一堆灰烬,仔细辨认,是被焚毁的桌椅和麻将牌。

复杂与简单

"李林怎么没来?"秦厂长审视了一下参加会议的人,扭头对丁秘书说,"他的探亲假已满,不是已经回来了么?"

"是,他今天已上班了。"丁秘书答道,"我通知他来开会,他说请一会儿假。"

"哼,你看看! 安全工作会议,他这安全委员不到会!"秦厂长铁青着脸说,"不等了,开会!"

会议室里坐满了各职能部门的负责人。这时,大家的目光一齐射向秦厂长的脸:铁青的脸色意味着有紧急情况。

"前几天,我厂机修车间出了起工伤事故,一个车工被旋转的齿轮碾掉了两个手指头。什么原因? 这台车床没有安全防护罩。"秦厂长善于左右与会者的情绪,他一开口就切入正题,把大家的神经都绷紧了,"刚才局长来电话通知,明天局里组织安全大检查,局长还特别提了防护罩问题。因此,今天一定要把防护罩做好,装上。各部门要紧密配合,协同作战,打好这一仗。"

秦厂长的话刚落音,丁秘书就敏捷地站起身来。他看了看手里的笔记本,郑重其事地说:"我们无论干什么事情,都不能轻视舆论的作用。为了配合这次行动,我和广播室小周组成宣传报道组,及时表扬这场战役中涌现出的好人好事……"

秦厂长拧紧的眉头舒展了。

技术科长第二个发言。他是个近视眼,说话前习惯性地把镜架往上推了一下,慢条斯理地说:"这台车床是才从外厂买进的旧设备,我马上组织力量查阅技术资料,如没有现成的图纸,就去车间实地测量、设计,尽快拿出生产图纸来。"

秦厂长赞许地点了两下头。

供销科长正闭目养神,为了表明自己并未真正打瞌睡,不停地抖动着二郎腿,懒洋洋地说:"我们搞供销的,想生产所想、急生产所急是我们的本分,我立即通知汽车司机,原地待命。如果所需器材本厂仓库缺货,我就火速去物资部门求援,保证不拖后腿。"

秦厂长微微牵动了一下嘴角,笑了。

"我来说。"行政科长几次想开口,都被别人占了先,这时抓住时机,像放连珠炮似的说,"俗话说'兵马未动,粮草先行',为了让参加会战的同志们吃好吃饱,食堂除增加供应花色品种外,还服务到现场。近来天气炎热,我们还将熬煮绿豆沙,免票供应。"

生产调度员、冷作班班长、厂医……都竞相发言。

"好,好!"秦厂长弹簧似的跳起来,喜形于色地说:"今天的会开得好,开得及时。大家拧成一股绳,干它一下午,战它一通宵,这防护罩的问题是肯定可以解决的了。大家还有说的吗?"

好像回答秦厂长似的,嘭地一响,会议室的门开了。安全委员李林油污的额上冒着汗,一边用废棉纱擦手,一边走进会议室。

"你怎么搞的,要散会了才来?"秦厂长的脸色倏地晴转阴,"你该挨批评!"

"我……"李林被这突如其来的质问窘住了,半天才说:"机修车间一台车床没有安全防护罩,我刚才给装上了。"

"扯淡!哪来的防护罩?"

"我在废铁堆里找了一个旧的,改一改,焊一焊,装上正合适。"

会议室里的人都面面相觑,呆住了。秦厂长苦笑了一下,说:"嗨,你这个人……"

幸运的迟到

刘三喜下班回来刚进门,老婆就笑眯眯迎上来说:厂里发奖金了吧?刘三喜转过身子边脱工作服边说:这个月没有奖金。老婆仍笑眯眯地伸出右手说:别逗了,快把钱给我!刘三喜一脸严肃地说:如今企业都在走下坡,哪能月月有奖金。老婆仍然不相信,阴了脸说:改天我去问你厂里的人。刘三喜听老婆这么一说,心里便慌乱乱的了。老婆哪都好,就是把钱看得太重,一次刘三喜从奖金中截留了十元钱买烟抽,结果被老婆骂了三天。

刘三喜厂里效益好,奖金高,但规矩很厉害:每迟到一分钟罚款五元,迟到超过5分钟,一个月的奖金便"再见"了。刘三喜上班不紧不慢蹬自行车只需半个钟头,即使三个十字路口都遇上红灯也不会迟到。老婆为了保证刘三喜途中有足够的时间,每天都比刘三喜早起一个小时准备早餐。

刘三喜这回偏偏迟到了10分钟。

刘三喜迟到是因为看光屁股女人。

那天早上,十字路口安全岛旁有个一丝不挂的姑娘,姑娘手之舞之足之蹈之,高耸的乳、丰腴的臀、修长的四肢、毫无瑕疵的洁白的肌肤，如同一尊复活了的维纳斯。刘三喜从人们的议论中得知这是个疯姑娘，还知道她曾在一所美院当过模特儿。刘三喜看得很投入，直到一位好心的老太太为疯姑娘穿上衣裤，他才如梦初醒。

如梦初醒的刘三喜首先想到的是这个月的奖金没了，接着想到的是如何在老婆面前撒谎。

没料想老婆没被骗，反而和他较了真，刘三喜知道事情糟了。虽然老婆还不知道他迟到了，更不知道他迟到的真正原因，但没有了奖金是难以向老婆交代的。所幸目前厂里的月奖还没有发下来，刘三喜便抱着一线希望去找车间主任求情。刘三喜说：那天迟到真的是自行车车胎爆了，原谅我一回吧。要不我加一个晚班补上这10分钟。

车间主任老汪是个十分严肃的人，破例地笑着说：一说起迟到的原因就是车胎爆了，难道说就没有别的原因好讲了？你说说，你那天迟到到底是什么原因？

刘三喜心想老汪是不是知道了什么，不由得脸上发热，讷讷地说：是车胎爆了嘛……

老汪又笑了笑说：一个月不拿奖金小意思嘛，下个月拿就是了。再说这事我也做不了主，你找老皮说说看。

厂办公室主任老皮是厂里的守门神，他专门抓迟到的。每天早上往厂门口一站，单等上班铃响。迟到了的，张三李四王二麻子一一记在本子上，发奖金时便兑现。老皮六亲不认，全厂职工都怕他。

老皮听了刘三喜的陈述，一改往日盛气凌人的神态，和蔼地说：不是这么回事吧，你骗我。你说你迟到是因为助人为乐，你能说出证明人是谁吗？

刘三喜怯怯地说:我帮忙把抛锚的汽车推发动了就走了,没去记车牌号码……

老皮恢复了冷漠的表情,说:不行!厂里的制度岂能儿戏?

无奈之中,刘三喜只得决定找别人借笔钱作为奖金交给老婆。

一天,刘三喜回到家里,正要掏出借来的六百元钱时,老婆从厨房里迎出来说:今天我去过你们厂了。刘三喜大吃一惊,忙说:你去干什么?老婆笑嘻嘻说:我问了老汪、老皮还有好几个人,他们都说这个月没有奖金。你没有骗我。

刘三喜仔细打量着老婆,老婆表情很认真,不像是开玩笑。刘三喜一头雾水,这是怎么了?昨天车间里有的人明明领了奖金嘛。

刘三喜终于明白了什么,不由得悄悄乐了。

女人相亲

她是斟酌了好久才答应去见第三个男人的。

她的丈夫在一次车祸中永远地走了。她并不十分悲伤。她虽然长得漂亮,人见人爱,但他熟视无睹,没有丝毫怜香惜玉的情感,还常常为一些小事骂她。自她生了个女孩而不是男孩后,他除了在夜里放肆折磨她外,还对她施以拳脚。

她发誓不再要男人,她只想和女儿相依为命,过宁静的生活。但隔壁的阿婆看见她就对她说:世上的男人并不都是黑心肠,我满头青丝守寡到苍苍白发是因为我那短命的男人对我太好了,我不忍心再嫁。

于是,她坚固的防线终于裂开了一道缝。很快,媒人走进了她的家。

去见第一个男人时她带了三岁的女儿。媒人说这样不好,把女儿放在阿婆家吧。她不肯,说不让带女儿就不去见男人。

媒人很会办事,把她和那男人带到一间屋子后,说你们谈吧,我去买些菜来,便掩上门走了。

屋子里再没别人,男人胆子挺大,对她说:"你愿意不愿意跟我过?"

她反问说:"你为什么看上我?"

男人说:"我喜欢你!"

她摩着女儿的头,说:"还有呢?"

男人有些猝不及防,愣了一下,但他很快回答说:"还喜欢你女儿!"

她抬眼盯着男人,又问:"更喜欢哪个?"

男人马上想到她的身世,是媒人告诉他的。男人柔情地说:"当然是你!"

男人这时想去牵她的手,没料到,她竟突然抱着女儿匆匆地逃了。神经病!第一个男人想。

没过多久,媒人又给她介绍了第二个男人。媒人告诫男人说:女儿是她的命根子,千万别冷落了她的宝贝女儿。

媒人又把男人和她带到上次那间屋子里,说你们慢慢谈,我出去会儿就来,便掩上门走了。

媒人一走,男人胆子大起来,对她说:你愿意不愿意跟我过?

她低头反问说:你为什么看上我?

男人胸有成竹,答非所问地说:我喜欢你女儿!

她立刻问:还有呢?

男人这时心里痒痒的,忙把椅子挪近她,甜甜地说:还喜欢你!

她把女儿抱得紧紧的,盯着男人,又问:更喜欢哪个?

男人不假思索,忙说:当然是你女儿呀!

男人这时真想去吻她一口,没料到,她却突然抱着女儿头也不回地走了。神经病!第二个男人也这样想。

第三个男人是隔壁的阿婆给寻的。她听阿婆一提起这件事就一口回绝了。后禁不住阿婆的一再劝说才应允。见面地点就在阿婆家。

那男人早早地来了。她隔着窗玻璃看清了他的模样:矮矮的,黑黑的,像她那垫车轮的死鬼男人。她心里不是滋味,犹豫了好一阵才到阿婆家去。这回她没有把女儿带在身边。

男人还没开口,她就冷冰冰地问道:你看得上我吗?

男人一惊,怯怯地说:只怕你看不上我。

她立刻反问道:怕我看不上你怎么还来?

男人说:我喜欢你!

她很讨厌听这句话。她白了男人一眼,说你还有话说吗?没有,我要走了。

男人没有马上回答,而是左顾右盼着,末了说:你女儿呢?

她心里一激灵,淡淡地说:问她干吗?

男人说:我还喜欢你女儿!

她说:我女儿会喜欢你吗?

男人一本正经地说:她不喜欢我,你也就不会理睬我,我会让她喜欢我的。

她突然转身跑出门。男人惊呆了,男人不知道自己做错了什么、说错了什么,男人刚想在心里骂她神经兮兮的,又见她抱了女儿走进门来。

商　道

涂哥的"仙女时装专卖店"刚开业,就有人给他泼冷水说,起先不知道你是卖服装,要不我早劝你改行了。涂哥问是何道理,那人说,这座城里服装店还少吗?涂哥说,这条街上没有卖服装的呀!那人一笑,笑涂哥不开窍。

还真被那人言中了,仙女时装专卖店的生意确实很差,来光顾的人倒是不少,掏钱买的却不多,原因是涂哥实行的是"不二价"。全城只有涂哥经销仙女时装,"仙女时装"属最新品牌,不仅质地优良,款式新颖,价格也不菲,不揣上上千元进店别想买走衣服。虽然生意不好,涂哥却不急不躁,独此一家,别无分店,还愁货卖不掉?果然,有个别女士经受不起仙女时装的诱惑,讨价还价不成后,还是买走了时装。

正当涂哥为商情渐好而高兴时,街对面突然冒出一家"新潮时装店"来,门面装修得挺打眼挺气派,经销的也是仙女时装,品种款式竟也一模一样,店主是个老头儿。常言说,同行生嫉妒。涂哥见许多顾客进了新潮时装店,便气不打一处来,这不是同我唱对台戏,抢我的生意吗?一天他见老头儿从门前经过,便敞开嗓门骂道,你个老东西,想夺我的饭碗,瞎了你的眼!

没料想老头儿也不是省油的灯,马上站定回骂道,你小子嘴放干净点,井水不犯河水,生意各做各的,我开店关你屁事!

涂哥哪肯示弱,态度强硬地说,干吗我不开店你不开店,我一开店卖服装你也跟着开店卖服装?就骂你这老头儿,怎么着?

老头儿气得涨红了脸,冲上去给了涂哥一巴掌,骂道,我,我就打你!

涂哥正要还手,被围观者拉开了。涂哥气咻咻地说,老东西你记住,我不搞霉你我不姓涂!

涂哥说到做到,第二天,他就在店门口挂出块"大减价"的牌子,牌子上写着"仙女时装,全城最低价"几个大字。原来卖1000元一套的服装只卖880元了。一下了便宜了120元,自然激起了女士们的购买欲,一天就卖出了七八套。涂哥时刻观望对面的动静,见到的是新潮时装店门可罗雀的景象。他心里乐开了花。

令涂哥没有想到的是,只隔了两天,新潮时装店也挂出了"大出血"的牌子。老头儿店主更大胆,把仙女时装降到了每套800元,一下子就把女士们的目光吸引了过去。

商场如战场。涂哥哪肯服输,又一咬牙,把仙女时装的价格降到了750元一套,气得老头儿隔街大骂涂哥道,缺德鬼,你真不是个东西!你想赶我走,我偏不走!

涂哥见女士们又涌向自家店里,生意都忙不过来了,也懒得和老头儿相骂了。

在这场价格战中,涂哥占了上风,生意日渐红火起来,薄利多销也让他着实赚了一把。

老头儿店主对人说他亏不起,再不肯降价,生意自然冷冷清清。

一天夜里,涂哥和老头儿店主面对面坐在一家星级酒店吃饭,老头儿端起酒杯笑眯着眼对涂哥说,儿子,来,干杯!

烦人的垃圾

昨晚市电视台播发了题为《凤凰路东端垃圾山应由谁清运》的新闻后,可把分管城建工作的孔副市长急煞了。

要是平时,一堆垃圾本不算回事儿,但眼下却非同小可。再过两天,省城市卫生检查团就要来了,垃圾山不仅有碍观瞻,更重要的是有损该市形象,脏、乱、差的城市谁还愿意来投资?市里制定的"借船出海,振兴地方经济"的策略,岂不成了空话?误了事,谁担当得起?

今天一早,孔副市长就把各有关部门的负责人召集到垃圾山旁。

孔副市长估摸了一下,眼前这一溜儿的堆堆垃圾,少说也有四五吨。他首先严肃地对市环卫处李主任说:这主要是你的责任吧?李主任昨晚看了新闻报道,心里早有准备,虽是市长诘问,也不慌张,说:这不只是环卫处的责任。街头垃圾箱寥寥无几,生产、生活垃圾无处倾倒呀!我曾经多次提出增加一些垃圾箱,可市里没拿这笔钱。

孔副市长听罢,半晌没吭声。提到"钱"字,他也有苦衷:市

里财政薄弱,到处都需要钱,这钱能自己印制？孔副市长有点不悦地说:现在别争论谁是谁非了,当务之急是立即把垃圾山运走,就由环卫处负责。

李主任连连叫苦说:为迎接检查,做好街道的全天保洁,环卫工人已超负荷了,连退休工人也上阵了,我哪还有人手？

孔副市长说:雇请民工也要把垃圾山运走。

李主任又叫苦说:请民工要花钱,环卫处既无经济实体,又无小钱柜,这钱找谁报销呀？

孔副市长没好气地反问:你说怎么办？

李主任反应敏捷,说:依我之见,这垃圾山在人行道绿化带上,市绿化办也有责任。

孔副市长思忖片刻,认为听听大家的意见也好,便把目光移向绿化办陈主任。

陈主任昨晚虽没看电视新闻,但听了孔副市长和环卫处李主任的对话,心里也有了底儿,很有分寸地说:我们只负责城区绿化工作,种树种花种草才是分内事。现在情况紧急,我们来清运垃圾山也并不是不可以,只是人手太少。眼下,道旁绿篱要修剪,林荫道上的死树要补栽,正忙得焦头烂额呢！如请民工来干,这钱又由谁出呢？

孔副市长一听又是"钱",立刻反问道:你说怎么办？

陈主任狡黠地眨眨眼睛,说:这乱倒垃圾的问题,这里的居委会也有不可推卸的责任。

孔副市长说:居委会负责人来了没有？

这时,一个精神矍铄的老太太挤过来,没等孔副市长发问,便放连珠炮似的说开了:居委会不是不管,我们派人清运过人行道上的垃圾,但人家总不能老是尽义务吧,也应该给点报酬吧,居委会都是婆婆姥姥的,哪有钱?我们找临街单位,希望它们给予支持,每月交个三元五元的卫生费,但都不肯出钱,没有钱我们也没办法。

又是"钱"! 孔副市长有些光火了,说:您说说哪些单位不肯出钱?

居委会老太太环顾了一下,除了二十米外的道路两旁有几个不知名的单位在搞基建外,垃圾山附近还没有房子。她灵机一动,用手指指坐落在人行道外大约二百米的一个建筑群说:那所中学……

孔副市长只得对身边的秘书说:去把学校校长找来!

校长来了。了解到事情的原委后,他说:这垃圾山与学校毫无关系。学校的生活垃圾从没往外倾倒过,都用来填校园后的污水塘了。

市环卫处李主任脱口而出:正好,这垃圾可用来填污水塘!

市绿化办陈主任说:这个建议好!

居委会老太太也说:组织学生搞义务劳动,又不用花钱!

这办法好! 众人附和。

孔副市长也认为只能这样办了,友好地拍拍校长的肩膀说:迎接检查,十万火急,希望给予支持,马上组织学生行动,务必今天把垃圾山搬走。

校长顿时愣住了。

孔副市长又说:就这样定了!

学生在准备期末考试呀! 校长禁不住咕哝了一句。不过他觉得自己的话十分软弱无力。

逗　哭

　　县电视台单记者驱车到偏远的岩垒村补拍镜头,虽然山道弯曲,一路颠簸,但他的心情十分愉快。

　　单记者扛摄像机有四个年头了,还没有评上职称,原因是没有获奖的新闻作品。评不上职称,不仅工资待遇上不去,而且脸面上也不好看。虽说到外边采访时人家是"单记者"前"单记者"后地叫,但"记者"可是中级职称的叫法。如今,单记者连"助理记者"这个初级职称也没有获得,真是要多憋气有多憋气!

　　单记者没料到不经意间有了时来运转的时候。前天,单记者采访了岩垒村致富不忘乡亲的典型——向阳野鸡繁养场场长老瓦,新闻拍摄回来后,主任在审片时连连称赞这是一个好作品,说如果镜头处理得更感动人一些,肯定可以获奖。单记者早听说一年一度的全市好新闻评选即将开评,不由得心中大喜,忙问差哪方面的镜头。主任手指着电视画面说,这个农村妇女在称赞老瓦为她家排忧解难时,表情和语气太平静了,要是是热泪盈眶感激涕零就好了。主任水平高、见识广是公认的。单记者立即喜形于色说,这条新闻改天播发吧,我明天去补拍镜头!

　　单记者找到老瓦时,老瓦正在给一家贫困户传授野鸡繁养技术,这位场长总是把村民脱贫致富的事时时挂在心头。单记者把来意说了,老瓦不置可否地一笑,心想,这世上只有逗笑儿取乐的,哪有用针刺人家的痛处逗哭的?转念一想,这单记者大老远跑来也是为了工作,于是说,要她哭,这不难,你随我来。单记者对老瓦的爽快和积极配合很是感激。

要找的这个妇女名叫水仙,三十来岁。单记者随老瓦走进她家时,她正和四岁的女儿吃饭。水仙见瓦场长亲自登门,忙热情起身让座。老瓦问她怎么这么迟才吃早饭,水仙细声说,不是农忙时一天只吃两餐。单记者看见饭桌上只一碗白菜和一碗干菜,缺油少盐的样子,心想这女人的日子真够节俭的了。水仙的男人是一个月前在地里干活时无缘无故被一个疯子用七齿钉耙打死的。水仙男人是个孤儿,水仙又是从四川流落到这里的,无亲戚朋友,水仙男人的后事是老瓦出钱并一手料理的。考虑到水仙以后的生活,老瓦决定无偿帮助水仙从事野鸡繁养业,还慷慨解囊向水仙捐了2000元钱。

老瓦等水仙吃完饭说,水仙,电视台单记者那天的采访还不圆满,有些事还要问问你,你要好好支持配合一下。水仙见单记者已将摄像机镜头对着她了,就说,好。

水仙在老瓦旁边坐下,顺手将女儿揽到怀里。老瓦问,水仙,你男人是哪天死的?水仙立即抬头望着挂在墙壁上的男人的遗像,答道,是上个月5号下午。老瓦问,是怎么死的?水仙低下头答道,是毛癫子用钉耙打死的。老瓦问,男人不在了,你舍不舍得?水仙答道,舍不得也没办法,人死不能复生呀!老瓦盯着水仙的脸,他发现女人回话时表情平静,眼眶里并没有流出他希望看到的泪水,于是又问,没有了男人,你一个妇道人家今后日子怎么过呀?

水仙抬起头,充满感激地说,有瓦场长的关心和帮助,再苦的日子我也不怕……

水仙的这几句话那天采访时她也说过,话是说得很好很到位,问题是她没有哭,更没有声泪俱下。老瓦轻叹了口气,失望地把目光投向单记者,见单记者早已把右眼从取景器上移开,正无奈地摇着头。

逗哭不成,老瓦觉得对不住单记者,沉思了片刻,小声对单记者说,别急,我还有办法。然后扭头对水仙说,我们一同到你家地里去看看。

水仙家的地在村东头,是一片油菜地,虽然只是初春时节,但油菜苗已是一片碧绿。水仙男人就是在这里移栽油菜苗时遇害的。

老瓦在地头站定,等单记者对好镜头后说,水仙,你男人当时就死在这一垄地的沟边吧?水仙搂紧女儿,嘴里"嗯"了一声。老瓦乘势说,可惜呀,你家男人又老实又肯干,是种田的一把好手,想不到会遭此一劫,真可怜!水仙盯着那条地沟,那是她男人倒下的地方。出事那天,那里被许多看热闹的人踩踏过,因而沟两边的油菜苗长得比别的地方差。老瓦问,水仙,你男人死的样子你还记得吧?水仙迟疑地看了瓦场长一眼,一时没弄明白瓦场长为什么要问这个问题。但她相信好人瓦场长不会有恶意,于是答道,当时我吓傻了,后来又哭晕过去了,我记不清了。老瓦连忙说,那才叫惨不忍睹呵,那发狂了的毛癫子一钉耙下去,把你男人的头盖骨打穿了两个洞,脑壳顿时炸开了,脑浆溅得老远,到处是血……老瓦说着竟听出自己的嗓音有些发抖,但他没有忘记观察水仙脸上的动静,令他吃惊的是,尽管他把水仙男人死时的情景描述得十分凄惨,让人听了毛骨悚然,但水仙只是眼眶有点发红,无神的眼睛里却没有一滴眼泪。

单记者从肩上取下摄像机提在手上,悄声对老瓦说,这女人怎么是铁石心肠呵!老瓦摇摇头说,她男人死的那会儿她可不是这样的,也许是泪水流干了。单记者见补拍镜头无望,心灰意冷地说,那就算了吧,不要为难她了。老瓦把嘴贴近单记者耳朵固执地说,没什么,你也是为工作嘛。我再带水仙到个地方试试,如果她还不哭,我就没办法了。

单记者跟随着老瓦来到一块墓地,在一座新坟边停下来,不用问,这是水仙男人的墓了。水仙放下女儿,慢慢围着新坟转了一圈,将被老鼠扒松的黄土踩紧,然后回到女儿身边。老瓦摸了摸水仙女儿的脸蛋,说,这孩子的爸冤呵,疯子杀人,连个偿命的都没有。水仙望着男人的坟茔,喃喃地说,是呀,我的命苦,我女儿的命苦……老瓦见火候已到,忙向单记者使了个眼色,单记者会意,悄悄打开了摄像机。老瓦想,睹物生情,就是铁石心肠也要熔化呵。他相信水仙到这时候该悲伤了,该流泪了。老瓦推波助澜说,水仙,你说的是呀,妻子思念丈夫,女儿想念爸爸,世上最受苦的就数孤儿寡母了,这死人哪知道活人的难处呵!老瓦和单记者注意到,水仙的表情虽然十分难过,但还是没哭。

正当老瓦和单记者因无计可施而十分失望之时,只见水仙四岁的女儿蹒跚着走到新坟边,把一朵不知从哪儿摘来的野花放在黄土上,声音尖细地叫道,爸——爸,爸——爸!刹那间,好似打开了悲伤的闸门,水仙撕肝裂肺般地哭开了……

老瓦被这突如其来的情景惊呆了,一时不知道如何是好,他觉得自己的视线模糊起来……单记者也不由自主地关闭了摄像机,喉头哽得说不出话……

在老瓦和单记者的一再劝慰下,水仙才止住哭声。返回途中,水仙紧紧地抱着女儿,始终是泪眼婆娑的。

第二天,单记者拍摄的这条新闻播发了。但在随后进行的评奖活动中,这条新闻因为存在主任曾指出过的那一点不足,最终没能获奖。

孪生兄弟

大大和小小是双胞胎,五岁了,都是男孩。他们长得一模一样,吃的、穿的、用的也都一模一样,比如吃饭用的都是绿色带把儿的搪瓷碗,喝茶用的都是红色塑料水杯。不知从何时起,大大和小小都对这些"一模一样"不满意起来。一天,他俩一同去问妈妈。

大大说:"妈妈,怎么老给我和小小买一模一样的东西呀?"

小小说:"妈妈,这些东西一模一样,我的他的分也分不清呀!"

妈妈很害怕孩子们提问,有些问题很不好回答。譬如,哥俩有时候会问:"妈妈,爸爸怎么还不回来呀?小朋友都有爸爸,我们也要爸爸。"就把妈妈给难住了。

今天的提问难不倒妈妈。妈妈说:"你们是双胞胎,是一同来到人间的。对待你们呀,就是该一模一样,不能偏了心眼儿,不然的话……"

妈妈说着说着突然停住了。见妈妈留了半截话,大大和小小忙催问:"妈妈,说呀,不然就怎么样呀?"

妈妈犹豫了一会儿:"如果偏了心眼儿,你们中就有一个会生气的,另一个没了伴儿,也就不好玩了……懂了吗?"

大大和小小茫然地瞪大眼睛,想了想,都莫名其妙地点点头。

一天,妈妈对大大和小小说,我带你们去外婆家。大大和小小高兴得又蹦又跳。妈妈常常去外婆家,这是第一次带大大和小小去。大大和小小跟着坐了一阵子汽车,下车后又在一条简易公路上步行。在一个拐弯处,妈妈说在路边休息一会儿,三个人便都坐在草地上。没过多久,公路那头排着队走过来一大群人。

大大和小小眼尖,异口同声叫起来:"妈妈,你快看,好多双胞胎,好多双胞胎来了!"

妈妈早就看见了。那是一支警察押着的劳改犯人队伍。犯人们剃着光头,穿着一色的黑衣黑裤。

妈妈站起来,同时也把大大和小小从草地上拉起来,小声说:"这不是双胞胎……"

没等妈妈说完,大大和小小争先恐后地嚷道:"是双胞胎。穿一模一样的衣服,是双胞胎!"

妈妈被孩子们的话逗得苦笑了一下,说:"他们是犯人……是坏蛋!"

"什么是犯人呀?"大大和小小问。

"这些人呀,有的偷东西,有的耍流氓,有的打人……都坏得很!"妈妈说。

犯人队伍已走到大大和小小面前。有一个高个子犯人突然离开队伍,弯腰系鞋带子,还抬起头愣愣地盯着大大和小小的脸,

眼睛一眨也不眨；又对大大和小小笑了笑，笑得很难看。

大大和小小突然扑到妈妈身边，连声说："我怕，我怕！"

"别怕，别怕……"妈妈用手扳转大大和小小的身子，往外推着，并注视着高个子犯人，浑身禁不住战栗起来。

犯人队伍走远了。大大和小小气嘟嘟嚷道："妈妈，不给坏蛋穿一模一样的衣服，气死他们，气死他们！妈妈，你怎么不告诉警察叔叔呀？"

妈妈看着渐渐远去的犯人队伍，半天没有作声。

"他，他不穿一模一样衣服的时候，就好啦……"妈妈蹲下身子双手紧搂着大大和小小。

大大和小小眨着天真无邪的眼睛，想啊想啊，还是闹不明白。转眼，大大和小小又想起了别的事，问道："妈妈，外婆家还远不远呀？"

妈妈没有作声，带着大大和小小又走。走了好久好久，走回到城里，走回到家里。大大和小小捶着妈妈的腿，差点哭起来："妈妈骗人！妈妈骗人！外婆呢……"

钥　匙

张工程师的钥匙不见了。他急得不得了。

家里用的钥匙能不能找到，他不在乎，反正老婆身上还有，到时候去修锁的店子里配上几把就行了。厂里用的钥匙找不到可不行啊,他的第五十项技术革新图纸放在办公桌抽屉里,这个项目马上要进行试制了,他想趁动工之前,再把图纸仔细审核一遍,没有钥匙,怎能拿到这套图纸呢?

"张工,把锁撬掉算了!"女描图员昨天说过这话,今天见张工程师一脸愁容,又说,"撬了再安上一把就行了。"

"不,不!"张工程师虽然只是轻轻地摇了摇头,轻轻地哼了哼声,但那否定的态度非常坚决。要他把锁撬掉,无异于要他用铁锤去敲打他亲手设计制造的机器设备。

"你真迂腐!"女描图员戏谑地笑了笑。

张工程师毫无表情地看了对方一眼,并不生气,也不反驳,似乎还有点默认哩。他在办公室里急得团团转,心里焦躁不安。

"张工,"女描图员是个耐不住寂寞的人,"你的钥匙喜欢放在衬衣口袋里,那只有弯腰的时候才能掉出来……"

张工程师点了点头,认为女描图员的话不无道理。

女描图员得意地站起身来,做了一个足以使钥匙从口袋里掉出来的弯腰动作,说:"张工,你仔细想想,你在哪儿这样弯过腰?"

"弯腰?"张工神经质地颤抖了一下。提起弯腰,他竟突然想起了辛酸的往事。"文革"期间,出身不好的他曾被打入另册,有一天斗争"臭老九",他被迫弯腰低头认罪,但因腰上长了个脓包疮,一弯腰就钻心地疼,没能把腰弯到很低的角度,一个戴红袖章的人朝他的腰上就是一脚,正好踢在脓包疮上,他当即晕厥过去。

"我,我没弯过腰……"张工程师喃喃道,似乎有点答非所问。

"张工,你怎么没弯过腰呢?"女描图员好像发现了新大陆,摇着手中的笔,说,"你的钥匙是前天丢失的,那天你搬进厂里的宿舍楼,你见楼房前面的水沟堵塞了,一汪污水正好在你家门口,你用铁锹在那里干了一下午,你难道忘了?"

"没忘,没忘!"张工程师连连说道。他怎么忘得了呢?以前他家四口人挤住在十多平方米的斗室里,现在住的是两室一厅,虽说是一个当官儿的住过的,房子陈旧了些,也足以让张工程师高兴得眉开眼笑了。都说如今知识分子上了天,吃香!谁说不是呢!这几年,张工程师晋级加薪,分住房,他打心眼里感激当今的政策。怎样感激?五十项技术革新,六十项技术革新,无数次技术革新……

"张工,你那串钥匙说不定就掉在那里了。"女描图员语气十分肯定。

"不会吧!"

"那天你弯过腰吗?"

"当然弯过腰。"

"弯过腰,怎能肯定说钥匙不会掉出来呢?"女描图员说,"你当时只顾干活,没在意!那天你干得满头大汗,一身脏水,大家都说你不错。厂办还给你写了表扬稿呢!"

"表扬我?"

"你没看见?表扬稿就贴在厂大门内的宣传栏里,你天天进进出出呀……"

"我……"张工程师又显出他的迂腐劲,"我是清扫自家门口的污水,顺便把……"

"话不能这样说,表扬稿上对这件事评价可高哩!张工,你信不信?我看你快要入党了……"女描图员一本正经地说。

"入党！不可能,不可能!"张工师心里连连说道。入党,是他多年的夙愿,他记得清清楚楚,他一共写了二十一次申请,可总是不批准。什么原因呢？过去知识分子臭。现在呢？有人说他架子大。他在哪里摆过架子呢？他弄不明白。忽然,怎么会有这等好事、喜事降临呢？入党怎能和这件事联系在一起呢？

张工程师胡乱地思索着,愣愣地坐下来。他下意识地用力拉了拉纹丝不动的抽屉,忽然走出办公室。过了一会儿,他拿来一把锤子,一把錾子,在办公桌旁立了许久,然后坚决地说:"撬！把锁撬掉,不能等了!"

"张工,慢点撬锁！你再到水沟边找找看,如果能找到钥匙,何必要撬呢？"女描图员好像故意与张工程师作对。不过,又不像是开玩笑。

张工程师又动摇了。是呀,是应该去找一找,撬烂好端端的东西,本来就不符合他的性格。

第二天早上,张工程师一走进办公室,就眉开眼笑地对女描图员说:"钥匙找到了。"

"在水沟边吧？"

"不,在大花坛旁的溜泥井里。"张工程师乐不可支地说,"那天我疏通了水沟,清扫完污水,去大花坛旁的水龙头洗手。水龙头下的溜泥井没有盖子,我隔着井去用水,一弯腰,隐约听到井里咕嘟一声响,我当时没在意。昨天下班后,我经过那儿,突然想到了,便试着用铁锹掏,掏出整整一斗车污泥,终于找到了钥匙……"

"幸喜没把抽屉撬坏。"女描图员为自己的先见之明而高兴。

"是呀,得感谢你。"张工程师边说边把钥匙插进锁孔。只听

得"当"的一声,抽屉打开了。张工程师捧着那一摞技术革新图纸,如获至宝,一页一页审视着。他的思绪又沉浸于只有他才能体会得到的愉悦之中。

"张工,"突然有人在张工程师肩上一拍,"有件喜事告诉你!"

张工程师吓了一跳,一扭头,见是厂党委组织委员,便诧异地问:"什么喜事?"

"经研究,请你明天到党校报到,参加市里第九期党训班学习。"组织委员笑眯眯地说。

张工程师顿时惊住了,讷讷地说:"啊,这……这是真的么?"

"还能有假?"组织委员认真地说,"都说你变了。"

"我变了?我怎么变了?"张工程师摸不着头脑,"谁说的?"

"都说。"组织委员用手指指天花板。

张工程思索着:天花板上是楼,楼上有厂长办公室、党委办公室、厂办公室……

"还研究决定把二号卫生责任区交给你负责呢!"组织委员又说。

"我,我找钥匙……"张工程师若有所悟,轻声咕哝了一句。

"有事?有事也得先放下。"组织委员没有听清,又说,"技术革新的事,暂缓进行吧……"

"我,我……"张工程师一时不知说什么好。他低头望着那串吊在抽屉上的钥匙,心里有点迷糊了。

"飞车王"的喜剧

陶丝丝是市公共汽车公司的团支书兼安全督察组组长。陶丝丝身材苗条,眉目清秀,在街上走回头率特高,是公认的"司花"。公司里许多小伙子见了陶丝丝眼馋得要命,只想和她套近乎,但真要和她面对面坐着或站着时又手足无措,说不出话来了。只有跑城区一号线路一号车的驾驶员李小展是个例外。

李小展长得帅气,人很聪明,驾驶技术又好,但有个喜欢开快车的毛病。用他自己的话说,我就喜欢腾云驾雾的感觉,挂五挡我还嫌慢哩,像舒马赫驾驶方程式赛车那样才叫过瘾呢!李小展由此得了个"飞车王"的外号。城区行车限定时速30公里,他偏要"超标",由于车速快,几次被交通警扣了驾驶执照。有一次还刹车不及闯了红灯。李小展受到了公司安全督察组的严厉批评,是陶丝丝帮助的重点对象。但李小展的毛病老改不了,令陶丝丝很是头疼。

一天,李小展又犯了事。陶丝丝找李小展谈话时,忍不住恶狠狠地说,都说驾驶员是一只脚踏油门,一只脚踏牢门。你就不怕闹出交通事故?这毛病不改掉,会一辈子打光棍!

李小展盯着陶丝丝漂亮的脸蛋,嬉皮笑脸地说,好,我不开快车了,你肯嫁给我吗?

陶丝丝除了不喜欢李小展开快车的毛病外,对李小展早有好感,听了这话,不由得脸热心跳。为掩饰自己的羞涩,她撇撇嘴说,你想得美哩!

李小展又笑嘻嘻说,你刚才说的话不是这个意思吗?

陶丝丝绯红着脸说,你一个大男人说话还不算数哩!

李小展连忙说,好好好,这回我说话算数,你说话可也要算数呀!

打这以后,陶丝丝对李小展的行车情况进行了暗访,发现李小展真的变了,行车严格遵守城区交通规定,再也没有开过快车。陶丝丝也不食言,真的和李小展好上了,俩人常常在花前月下如胶似漆地黏在一起。公司领导问陶丝丝是用什么办法降服了李小展这匹烈马,陶丝丝神秘地一笑说,用鞭子抽呀!

一天,陶丝丝拆阅乘客来信,不由得大吃一惊,有五封来信都说一号线路一号车司机开快车,急刹车,闪了乘客的腰,碰了乘客的脑袋。陶丝丝气坏了。晚上她把李小展约到滨湖公园里,一见面就气呼呼地说,我俩还是趁早分手吧!

李小展早明白是怎么回事,自知理亏,怯怯地说,我改就是了……

陶丝丝白了李小展一眼,严肃地说,你是改不了了。我现在正式通知你,经安全督察组提议,报公司党委同意,从明天起,你被调到郊区线路上去了,让你去过开快车的瘾吧!陶丝丝说罢转身就走。

李小展一下子慌了神,急忙拉住陶丝丝,言辞恳切地说,丝丝,请你相信我,我一定彻底改掉这个毛病。

陶丝丝余气未消,说,好吧,给你最后一次机会,如果再犯老毛病就别来见我!

郊区线路乘客少,司机和售票员的收入也要少一些,把李小展调到郊区线路跑车实则带有惩罚的意味。李小展是个很要强的人,开始情绪有些低落,后来他下定决心要混出个人样来。果然,公司不久便收到了许多称赞李小展的表扬信,说李小展和售票员文明待客,服务周到,是广大乘客的贴心人。表扬信说的是大实话,李小展跑的这趟车的营业额逐月增加就是证明。

李小展进步了,最高兴的是陶丝丝。俩人关系更亲密了,并决定在春节后举行婚礼。

哪知天有不测风云,正当陶丝丝兴高采烈筹办嫁妆时,忽然传来李小展不听交通警指挥,飞车强行冲击交通警察临时设置的关卡的消息。还听说李小展连车带人进了市公安局。

陶丝丝一听,头都晕了,心想,这回李小展闯大祸了。她气急败坏地赶到市公安局,见李小展正和几名警察在办公室里谈话,便不问青红皂白把李小展拉到门外,训斥道,叫你别开快车你偏不听,你真是狗改不了吃屎的臭本性!我俩这婚没法结了……

李小展像个做错了事的孩子,搓着手小声说,对不起,真的对不起,你听我说……

陶丝丝心情坏透了,哪还有听李小展解释的耐心,她怒发冲冠地说,我不听,我不听!再解释也枉然。说罢扭头就走,泪水禁不住夺眶而出。

警察们见状,急忙拦住陶丝丝,又对李小展说,李小展同志,你怎么不说话呀?

原来,临近春节,郊区线路的乘客一日多似一日。这天下午,从起点站乘坐李小展这趟车的乘客就满员了。李小展满怀喜悦不紧不慢驾车往终点站驶去。汽车驶出市区不久,忽然车厢里响起一片闹哄哄的声音。李小展回头一望，不由得大吃一惊，原来是三名混在乘客中的歹徒正在手持凶器洗劫乘客财物。李小展减慢车速，大喝一声道，抢劫犯法，住手！他的话刚落音，就蹿过来一名歹徒，用匕首顶住他的腰部凶神恶煞地说，再叫我捅死你！你听着，我不让你停车不准停车！李小展没有被歹徒的嚣张气焰所吓倒，他想起前面有一段公路正在搞维修，于是灵机一动，立即换挡加油，不顾路上竖着的"前面施工，车辆缓行"的告示，开足马力向前冲去，接连撞倒了几个木制路障。在此维持秩序的交通警察见状，立即放下拦车横杆……

警察们接着说，李小展此次违章不仅不受罚还要奖赏。正是他急中生智，三名歹徒全部归案。

陶丝丝破涕为笑。她责怪李小展说，你真坏，做了好事还口口声声说对不起干吗？

李小展依旧小声说，我不知道那三个人中间还有你的表弟……

陶丝丝略微惊诧了一下，随即扑上去紧紧地把李小展抱住，在他脸上重重地亲了一口。

上电视

在家里看电视台的《本市新闻》，屏幕上晃来晃去的人都是别人，要是在上面看到自己的"光辉形象"，那才叫过瘾呢！楚祥就是这样突然生出想在电视上亮亮相的念头的。

机会终于来了。

当得知明天电视台记者要来厂采访的消息后,这个街道小厂简直沸腾了,工人们奔走相告,楚祥更是激动不已。下班后,楚祥破天荒去花都发屋美了一回头发。第二天一早他又换上平时上班时舍不得穿的白衬衫,还找出压在箱底的崭新蓝色工作服。妻子疑惑地打量他后说:不会是厂里有了相好的吧?楚祥一本正经地说:明天记者到俺厂拍电视。

楚祥早早来到厂里,见厂长正对大伙说话。厂长见多识广地说:记者到车间摄像时,大伙不要围观,跟平时一样,自己该干什么还干什么,也不要望摄像机镜头……于是,楚祥便一如往常埋头干活。但楚祥眼角余光仍发现摄像机镜头曾有那么五六秒光景对着自己。楚祥心里像灌了蜜:哈,我上镜头了!

回到家,楚祥一脸红润向妻子报喜:今晚电视新闻里有我,有我的镜头!妻子见楚祥少有的高兴样,当然深信不疑,就又喜滋滋告诉儿子:今晚电视里有你爸,等会儿留心看吧!儿子乐得直拍手。

晚饭后,一家人早早打开电视。楚祥在电视里看到了厂长、办公室主任、车间主任,却怎么也找不到自己的身影儿。

要是当时能站在厂长或车间主任身边就好了。要不厂长或车间主任来我的机台前站一站也行。楚祥躺在被窝里仍胡思乱想。这晚,他失眠了。

一个星期天,楚祥上街购物,忽闻鼓乐声。一家百货大厦前人头攒动,彩旗飘扬,热闹非凡,原来大厦正在举行开业庆典。楚祥不想凑热闹,正要回转身,忽然看见了摄像机。一名记者正扛

着那玩意儿跑前跑后地忙活。楚祥激动得浑身发热。他急忙挤到摄像机镜头前的人群前，记者把镜头摇向哪儿，他就往哪儿挤往哪儿站。他心想：镜头对着我这么多次，这回该不会漏掉我了吧！

楚祥这回没对妻子漏口风，他想等在电视上发现自己了再赶紧喊妻子、儿子注意看，要给妻子、儿子一个惊喜。结果，楚祥只看到几个衣冠楚楚的人，每人执一把剪刀把礼仪小姐们托着的一条红绸带剪成了好几段，却又没有找到自己的影子。

犹如经受了两次沉重的打击，楚祥浑身疲惫，认定自己上电视是没指望了。

事情发生在半年后。一天，楚祥上晚班，下班时已是深夜。他经过一条僻静小巷时，忽然前面传来一个姑娘的喊叫声：还我金项链，还我金项链！楚祥刚回过神来，两个黑影已快窜到他面前了。楚祥跳下自行车，迅疾地把自行车前轮一横，将一名歹徒绊倒在地。楚祥按住了倒地的歹徒，没料到，另一歹徒拔刀刺过来……

楚祥背部挨了三刀，搏斗中，双眼也被利刃划伤，经过医院全力抢救，终于转危为安。楚祥勇斗歹徒的事迹很快传开了，市领导专程到医院看望慰问楚祥，电视台记者也跟着来采访、摄像。一直守候在旁的妻子告诉楚祥：你这回真的要上电视了。

楚祥翕动着苍白的嘴唇，声音小得只有妻子才能听清：我，我看不见了……

看电视

蓓蓓是妈打电话叫回来的。妈说你爸近来的行为有些反常哩。蓓蓓回家后果然见爸有些坐卧不安：爸捏着电视遥控器，嚓嚓嚓嚓不停地调换着频道，没看上两分钟就把电视机关了。在沙发上躺一阵子或在房里走一阵子后，又打开电视机，嚓嚓嚓嚓把频道换来换去，接着又关机了，好像全国电视频道就再找不出他喜欢的节目了。蓓蓓出嫁半年了，因忙，回家少。蓓蓓问妈，爸这样子有多久了？妈说，你爸退休后不久就这样了，把个遥控器按来按去的，就没正经看过电视，我看电视他还不让呢，说吵了他。

蓓蓓想，这就怪了！爸退休前可是个电视迷呀！每天吃过晚饭，爸第一件事就是打开电视机，先看本省新闻，再看中央台的《新闻联播》，接着又收看爸厂里有线电视台的节目。有一阵子，省电视台播放电视连续剧《还珠格格》，蓓蓓最爱看了，而这个时段正是爸收看本厂有线电视节目的时候，于是父女俩为争频道常常拌嘴。蓓蓓说，自己厂里的事有什么看头！爸笑笑不吭声。妈向着爸，说你爸看电视是为了了解厂里的情况，关心厂里发生的事呢！不然，怎么当好厂长呢？

此刻，蓓蓓见爸闭目塞听地躺在沙发里，一动也不动，便问道，爸，您有哪儿不舒服吗？爸摇了摇头。蓓蓓又问妈说，爸没精打采的，是不是身体有了毛病，到医院看过吗？妈说，我也急呀，

硬逼他到医院检查过,除了血压有些偏高,没查出其他什么毛病。

蓓蓓终于明白了什么,悄悄对妈说,爸管理过几千人的大工厂,忙惯了,如今整天闲着没事干,哪精神得起来?爸这是因为太寂寞了。妈说,这可怎么办呀?蓓蓓说,好办,爸不爱看电视了,就让他干点别的吧,生活要丰富多彩呀!

蓓蓓从花木市场上买来十多盆花花草草摆在阳台上。蓓蓓说,爸,这些君子兰、茶花、茉莉花……都是朋友送的,我、您女婿都太忙,没时间照料。爸,您可别忘了松土浇水呵。爸把每盆花仔细瞧了个遍,微笑着说,听说君子兰很娇贵,难侍弄呢!说罢拿起洒水壶就要浇水。蓓蓓和妈心照不宣地笑了。

蓓蓓改天回来,惊奇地发现花盆里的土都干了,花的叶子也蔫了。蓓蓓问妈,爸怎不给花草浇水了?妈说,你爸只热心了几天,他对花花草草的没兴趣。哎,我也忘了。

蓓蓓又买回来一只狮毛狗。蓓蓓对爸说,这只狗名叫欢欢,是您女婿买的,我哪有时间和它玩耍呀,我送给爸玩儿吧。狮毛狗雪样的白,两只眼睛分外黑,十分可爱。爸禁不住叫了一声欢欢,狮毛狗就奔到他面前摇头摆尾的,爸笑着说,这狗通人性呢!蓓蓓和妈都笑了。

一天,蓓蓓回家来,见了欢欢忙伸手去抱,欢欢却慌慌地往旮旯里钻。妈悄悄对蓓蓓说,欢欢差点没被你爸踢死!蓓蓓的心里直发凉。

晚饭后,爸又闷闷不乐地斜躺在沙发上。蓓蓓忽然记起今晚有她喜欢看的电视连续剧《康熙微服私访记》,就说,电视机长期不用会坏的,得经常开机驱驱潮气。见爸没吭声,她便打开了电视。在调台时,蓓蓓无意中看到了爸工厂有线电视台的节目,正要调换频道,忽听爸大声叫道,别换台,快,快把声音开大点!蓓蓓仔细一看,电视里正播放介绍工厂发展的专题片,片中多次出现爸的镜头:有在台上做报告的,有在车间里检查工作的……蓓蓓注意到,爸看专题片时身子坐得挺直,眼光神采奕奕,十分兴奋的样子。专题片播完了,爸竟深深叹了口气。

蓓蓓忙把这一发现告诉妈。妈愁眉苦脸地说,如今电视里哪能天天有你爸的镜头呢?蓓蓓诡秘地笑了笑说,我有办法了。

第二天,蓓蓓就到爸厂里找了新厂长,又到工厂有线电视台请人剪辑转录多年来有关爸的录像资料,忙了一整天。接着,蓓蓓又给爸买了一台放像机,并把一盒崭新的磁带送到爸手上。

单位上派蓓蓓到外地进修,她再次回家已是一个月之后了。妈见了蓓蓓就喜滋滋地说,你爸又爱看电视了……蓓蓓也发现:爸满面红光,人挺精神的。

这个电话必须打

某厅顾厅长那辆黑色奥迪刚刚驶出袁凡的视线,袁凡的手机就响了,一看来电显示,是老局长刘况打来的。袁凡记得这是刘况今天下午打给他的第5个电话了。刘况刚刚从A市某局局长位置上退下来。袁凡接任某局局长后,刘况时时关心着袁凡的工作情况,有扶上马再送一程的意思。袁凡对刘况也是言听计从。刘况的声音在电话里有些沙哑,问顾厅长今晚住华天还是住华都。袁凡说顾厅长不在我市住了,刚刚动身回省城去了。刘况问晚餐是不是在华天吃的。袁凡说不是,说顾厅长嫌华天有个会议,人多太吵。刘况说,去华都呀！袁凡说,华都的大门正在重新装修,顾厅长说进出不方便……刘况打断袁凡的话说,市里就这两家星级宾馆,那你们到哪儿吃的晚餐？袁凡说,在一家较偏僻的风味土菜馆吃的。刘况急忙说,这怎么行！顾厅长情绪怎样？袁凡说顾厅长心情不错,我们六个人喝了两瓶五粮液。刘况说,酒喝得多并不见得心情就好！袁凡说,顾厅长临走时,我说真抱歉,接待不周。顾厅长说不错不错很好很好。刘况说,当着你的面他能说不好？袁凡听了刘况的话,有些迷糊了,说,他心里想的我怎么知道呢？刘况说,你马上给顾厅长打个电话。袁凡说,他刚刚才走,打电话有必要吗？刘况说当然有必要。袁凡心里还是转不过弯来,喃喃说,未必不打不行……刘况说,不打不行,这个电话你必须打！听我的话没错。袁凡只得说,我打就是了,可是我不知道顾厅长的手机号码。刘况说,我告诉你。

袁凡按照刘况告诉他的号码,接连拨了三次,语音提示都说拨的号码是空号。袁凡打电话问刘况号码是不是错了。刘况在那边翻了翻电话本说,没错,顾厅长的手机就是这个号码。袁凡听别人说过,领导的手机号码大都是保密的,一旦知道的人多了就换号码了。袁凡说,顾厅长的手机肯定换新号码了。也好,省得打电话了。刘况说,不行,这个电话必须打！袁凡说,不知道号码怎么打？刘况沉吟了一下,说,你马上向其他市的某局打听一下,看有没有人知道顾厅长的手机号码。袁凡突然觉得这样做太张扬了,他不想按刘况的思路走了,毅然把电话打到了某厅办公室。两部电话都打了,通了,但久久没有人接听。也难怪,现在是夜晚,某厅办公室里哪还有人接电话?袁凡愣了愣神,只得按刘况说的办。

袁凡首先拨通了 B 市某局局长老李的电话,他俩曾在一个会议上坐在一条凳上,交换过名片的。老李说我找顾厅长都是打他办公室的电话,从来没打过顾厅长的手机。袁凡有些失望,只得又拨通 C 市某局局长大陶的电话,上个月大陶路过 A 市是袁凡接待的,在酒宴上互赠过名片。大陶说我有一次想向顾厅长汇报工作,办公室的人说顾厅长出门了。我问顾厅长的手机号码,他们回答说不知道。真的,顾厅长的手机号码我也不知道。袁凡有些沮丧,想了想又拨通了 D 市某局局长小曹的电话。小曹是今年才上任的,和袁凡没有交往,但人挺热情,说我不知道顾厅长的手机号码,但顾厅长的外甥在我局工作,他肯定知道的。我这就给你去问。过了 20 多分钟,小曹回了电话。谢天谢地,袁凡终于弄到了顾厅长的手机号码。

袁凡立即拨了顾厅长的手机号码,刚把手机放在耳边,就传出一个女人娇柔的声音,对不起,您拨打的用户已关机,请稍后再拨。袁凡又耐着性子连续拨了 8 次,都是关机。这个电话打得真不顺利!袁凡有些烦躁了。恰在这时,老局长刘况的电话打了过来,问袁凡问到了顾厅长的手机号码没有,给顾厅长打了电话没有。袁凡说,问到了,也打了。只是打了 8 次了,都是关机。刘况说,继续打,继续打!袁凡有些沉不住气了,冲动地说,打不通,我不想打了。刘况说,继续打,这个电话必须打通!袁凡说,老局长,这个电话这么重要吗?刘况没回答袁凡的提问,只是说,听我的,继续打,顾厅长的手机不可能老不开机。

袁凡只得下意识地一次接一次地拨顾厅长的手机号码。也不知道拨了多少遍,终于打通了。顾厅长的声音传过来,是哪位?袁凡赶紧说,顾厅长,是我,我是袁凡。您的座车开到哪儿了?顾厅长说,快进省城了。有事吗?袁凡愣了一下,心想我哪有什么事!只不过是老局长嘱咐我给您打个电话而已。袁凡顺口回答说,顾厅长,这次到我局来,接待肯定不周,还请多多包涵呀!顾厅长的话语伴着笑声兴奋着袁凡的耳膜,哈哈哈,小袁啦,这次到A市我很愉快!

袁凡把和顾厅长通话的情况对刘况说了,刘况说,这回你知道了吧,我说这个电话必须打嘛!

袁凡看了一下手表,已经11点多了。一个电话折腾了近3个小时。袁凡细细琢磨了刘况的话后叹了口气,想,早知如此,还不如驱车送顾厅长到省城更好。

名 片

老林干的是常与外界打交道的工作。

如今的人们,兜里头大都揣着一叠纸片儿,与人一见面,就会伸出捏着纸片儿的手说,这是我的名片,请多联系。送名片成了展示身份的一种时髦。

人家给老林送名片,老林虔诚地接住,极认真地把名片上的内容看一遍,然后夹在精美的名片簿里。来人见老林不回赠名片,便开口要。老林却抱歉地说,我没名片。来人的目光里便写满疑问。

单位统一印制名片时,要大家各自设计式样,老林说了一句我不要那玩意儿而弃了权。由此看来,老林确实没有名片。老林当然也希望有自己的名片,但他认为现在还不是要名片的时候。老林有自己的想法:在科里,他的年龄最大,而职位却最小;别人在名片上印着主任或副主任、科级或副科级字样,他什么也不是,没品没衔的人给人家送名片,岂不是自己找尴尬吗?

老林本不是主任,但是,外单位一些要熟不熟的人见了他,常叫他林主任。这令老林哭笑不得。老林不责怪别人,别人是见他年纪大才这么叫的。照别人看来,这把年纪了当个主任应该无疑。

别人叫老林主任时,如果办公室其他人不在,老林常常也不解释和否认,只问别人有何贵干。接着便聊公事,或聊点别的什么。如果办公室有主任或副主任在,老林便马上说,您别乱封官,我不是主任。说这话时,老林脸上发热,心里便不好受,很别扭。也只有在这种时候,老林便企望有朝一日自己能当上真正的主任或是副主任。

老林知道这主任和副主任也不是今天想当明天就能当上的。这要有领导器重你,有领导提拔你。

老林单位每年总有人被提拔。提拔的是谁?老林常常是最早知道的人之一。有人要被提拔了,主管局人事部门都要派人来召开座谈会,这叫作走群众路线,听听群众意见。每逢召开座谈会,单位领导就挑选老林当群众代表。第一次要老林当群众代表时,他不知所措,说我不会讲话,我说些什么呢?单位领导便开导说,这件事很重要,关系到某某某的前途问题,你从这几个方面去

说:政治表现啦,学识水平啦,工作实绩啦,等等,当然主要是讲优点,不过缺点也可以讲,实事求是嘛!

单位领导还补充说,要你去,是对你的信任。

老林便露出受宠若惊的表情,便去参加座谈会,便发言,便大年三十——尽挑好的说。

于是,隔不多久,单位里就会传出某某某提升了的消息。

开了两回座谈会,老林便觉得有些扫兴,心里有些不平衡了。老林想,被提拔的人还不如我,他们干吗受重用?我干吗要给他们脸上贴金?老林虽这么想,但下一回单位领导要他去参加座谈会,他还是去了。他想,别人有了被提拔的机会,实在难得呀!我这回给人家说了好话,说不定下回提拔就轮到我自己,到时候别人也会给我说好话呀!

年复一年,老林也记不清参加了多少次座谈会。他只记得,和他一同参加工作的都被提拔了,好几个比他晚十年参加工作的也被提拔为副主任了,而他却稳坐科员"宝座",毫无变动的迹象。老林心里便常常涌起悲凉的感觉。

老林将会被提拔,主管局人事部门正对他进行考察的消息,是近两天传出来的。老林有些不相信,便去悄悄问主任是否真有此事。主任支支吾吾一阵后,说,开始是有这事,我参加了座谈会的,只是后来吹了,都说你讲话不负责任,喜欢言过其实……

老林顿觉头皮发紧,耳朵里也嗡嗡响起来。他连连说,我怎么啦?我怎么啦?

主任却平静地说,徐昌嫖娼受处分的事你忘了?

老林说,这与我何干系?

主任说,徐昌提副主任时,你不是说他为人正派吗?

这怎么能怪我呢？这……老林话没说完，只觉得眼前一黑，人便恍恍惚惚了。他忙扶着墙壁不让自己倒下，但还是一头栽倒在地上。老林的心脏有毛病已多年。

经医院抢救，老林总算脱离了危险。医生为便于进一步诊断治疗，问老林过去的病历带来没。老林说放在办公桌抽屉里。主任说，钥匙给我，我去拿吧。

主任打开老林办公桌抽屉找病历时，意外发现两盒名片，是老林的。名片很精致，很漂亮，正面是中文，背面是英文。老林名字后面的括号里，还有"副主任"字样。

错　觉

听说如花似玉的阿珍姑娘要调到这个办公室里来，老赵、老耿、老庞都暗暗乐开了。他们都是五十挂零的人了，而且都是作风正派，决不会想入非非、干出寻花问柳的事情来的。他们高兴自有他们的理由。

老赵、老耿、老庞统治这间办公室已快四个年头了。他们的工作顺利且愉快，唯一令他们头疼的是办公室里的"家务活"。蹲过机关的人都知道，那办公室必得每日一小扫，每周一大扫，非搞得窗明几净不可；况且如今机关干部实行千分计奖目标岗位责任制，卫生就属考核内容，就更是马虎不得的了。老赵、老耿、老庞偏偏干不了这个。老赵说："我站在凳子上擦玻璃，人就恍恍

惚惚,说不定有朝一日就会栽到楼下边。"老耿说:"我一用拖把拖地板,就心律不齐了。"老庞说:"我在家里,不知道扫帚、抹布是什么模样儿。"机关每回检查卫生,各个办公室都贴红条受表扬,只有他们办公室是贴白条挨批评。他们终于发现了奥秘:贴红条的办公室里都有一两个勤快的女同胞。红条儿是她们用勤劳挣来的。于是,老赵、老耿、老庞便梦寐以求:办公室来个女同胞就好了。

女同胞终于盼来了。

阿珍姑娘来上班这天,是个天气变化无常的日子。之所以称为"变化无常",是因为上午还是晴空红太阳,下午却陡地刮起了北风,刮得电线呜呜响。天阴下脸来,还下起了雪子,气温急剧下降。

老赵、老耿、老庞穿得单薄,哪经得住这寒冷的袭击?一个个蜷缩在办公桌旁,冻得瑟瑟发抖。

"真冷!"老赵对老耿说。

"真冷!"老耿对老庞说。

"真冷!"老庞对老赵说。

阿珍姑娘的办公桌靠北窗,窗户上缺了一块玻璃,风将她的头发吹得一扬一扬的,可她没有吭声。她正埋头赶写一份材料。不过,老赵、老耿、老庞的话她都听见了。初来乍到的人对周围的一切常常更敏感。

"阿珍,冷不冷?"老赵、老耿、老庞盯着阿珍那飘扬着的头发,几乎同时问道。

"还好。"

"到底是年轻人,抗得住。"老赵说,"我可冷得受不住了!"

"我身上像泼了盆凉水。"老耿说。

"我也是。"老庞附和。

"我给你们烧盆火!"忽然响起银铃般的声音。老赵、老耿、老庞扭头一看,阿珍姑娘正向他们走来。姑娘主动提出烧火,这是他们始料未及的,又是意料之中的。他们相互一望,会心地笑了。是呀,都十月底了,该烤火了。我们怎么没想到呢?还是姑娘心细,于是齐声称好。

阿珍姑娘原地转了个圈,眼睛骨碌碌往室内旮旮旯旯瞧瞧,火盆、木炭、火钳一样也没有,便说:"生火的东西呢?"

"啊,还没领来。"老赵说。

"还锁在楼下杂屋里。"老耿说。

"要找传达室毛伯开门锁。"老庞说。

阿珍姑娘把手绢的四角扎上,做了顶方帽罩在头上,又从抽屉里找出一双旧手套戴上,便蹦蹦跳跳下楼去了。

看着阿珍姑娘那利索能干的样子,老赵、老耿、老庞舒心地笑了。一会儿,阿珍姑娘回来了,只是两手空空。原来那火盆被一些杂物压着,她使出吃奶的劲儿也没有拉动。"火盆压着,拉不动,请哪位帮帮忙!"阿珍说。

"我去。"老赵自告奋勇。

"你搬不动,我去。"老耿也急忙站起身来。

"没问题。你别小看我,搬个火盆不在话下。"说罢老赵噔噔噔地下楼去了。

等老赵一走,阿珍姑娘问老耿:"有撮箕吗?"

"干什么?"

"装木炭呀!"阿珍姑娘说,"那木炭一麻袋一麻袋的,我搬不

动。我用撮箕去装。"

"哎,那多麻烦!"老耿说,"这样吧,我和你抬一麻袋上来,反正以后要烧。"

"我去!"老庞连忙走过来,"我比阿珍力气大。"说完马上和老耿下楼去了。

火盆不好拿,四四方方的木架子上放着一个盛着灰的铁盆盆,沉甸甸的,要端上楼绝非易事。老赵却很轻松地将它搬上楼来了。

一麻袋木炭,少说也有七八十斤,老耿、老庞一人抓住麻袋的一头,一口气便把这鼓鼓囊囊的物件抬上了楼。

阿珍姑娘找来了火钳和引火柴。

火燃起来了。老赵、老耿、老庞将火团团围住。炭火映红了他们的脸庞,烤热了他们的躯体,同时也温暖了他们的心。他们都舒服极了。

"夏天风最亲,冷天火最亲。这话不假!"老赵说。

"这火真旺!"老耿说。

"这是阿珍姑娘的功劳!噫,阿珍呢?"老庞惊呼。

阿珍姑娘正伏在桌子上抄她的材料。

"阿珍,来烤火呀!"老赵、老耿、老庞异口同声说。

"我不冷。"阿珍说。

"你是专门为我们烧的火呀!"老赵心里陡地一热,他每遇上令他感动的事,心里就要一热。

"这姑娘是不错!"老耿微闭着双眼,陶醉在一种只有他才知道的意境中。

"我早说过,"老庞扭头深情地瞟了阿珍一眼,压低嗓门说:

"女人硬是比男人勤快!"

老赵、老耿像鸡啄米似的连连点头。

查电话

R 市 A 局严禁工作人员用公家电话打长途办私事,违者罚款。

但仍有胆大者越轨,月电话费用明细表上列出的受话区号为 01,电话号码为 23456789 的连续三次出现就是证明。01 代表 QQ 市。A 局与 QQ 市的单位毫无业务上的联系。三次都是使用局长室的电话机,共通话 5 分多钟,花了 3 元 6 角 8 分钱。

局长很气愤,指示办公室 S 主任查个水落石出,加倍罚款,杀一儆百。

S 主任拨通 QQ 市 23456789 后问,您是何单位?对方偏不受 S 主任思路左右,反问,你要哪单位? S 主任猝然语塞。对方又问,你找谁? S 主任当然答不上。对方毫无耐心,骂声拉淡,把电话挂断了。

S 主任无奈,便托人弄到一本 QQ 市电话号码簿。终于查出 23456789 这个号码属于 QQ 市奶制品公司附属八厂。A 局工作人员中谁的亲戚朋友在 QQ 市奶制品公司附属八厂呢?

S 主任请示局长后,调出档案,把局里五十号人的亲属、社会关系查了个遍,仍一无所获。

S 主任无计可施,又拨通了 QQ 市的 23456789 号码,请求奶制品公司附属八厂告知,该厂有无在 R 市有亲戚朋友的干部职工?上个月,23456789 座机是否接到过 R 市打来的长途电话?接电话的是谁?等等。并连声说拜托了,请帮忙,不好意思。

　　奶制品公司附属八厂接电话者半天没回话,好像在向周围的人打听什么,后回答说:上个月是有人接到过三次奇怪的电话,是外地口音小孩的声音,说是找妈妈。S 主任忙说:是小孩?不可能吧!对方答:信不信由你。S 主任当然不相信,又问:那接电话的一定是位女士,请问她的姓名是?对方回答说:是个退休老头,当传达的。S 主任满腹狐疑,正想问什么,对方又说:你打听这些干吗?S 主任猝不及防,说:是这样,查电话……对方不快地说:查电话,找 114 台吧!随即话筒响起忙音。

　　S 主任垂头丧气向局长做了汇报。局长说:以后我不在办公室时,要注意关门。

　　过了几天,S 主任有事找局长,门开着,局长却不在,只有局长三岁的儿子伏在办公桌上玩电话机。S 主任说别把电话弄坏了,你爸爸呢?局长儿子说了一句爸爸上厕所,便左手拿话筒,右手按着号码键"0123456789",嘴里还喂喂地叫。

　　S 主任恍然大悟,忙说:小宝,别打电话玩!并顺手把电话挂断了。

　　隔了一些时日,局长办公室电话的费用明细表打出来了,表上列出受话区号为 01,电话号码为 23456789 的又出现了两次。两次都是 S 主任所为。两次打往 QQ 市的长途电话共花费用 48 元 2 角 5 分。

这是怎么回事儿

（一）

"老李，你在哪里工作？"

"新疆。毕业分配到那儿，整整二十年了。"

"哪个学校毕业？"

"西北工业大学。"

"家眷在哪儿？"

"本市，我两年回来一趟。"

"老李呀，你早该和家人团聚了。"

"是呀，她身体很不好，我这次回来，主要是……听说你们厂要人？"

"我厂就差你这样专业对口的……好，好！欢迎，欢迎！"

"厂长……"

"放心吧！这个厂，我当家。你过两天再来。"

（二）

"老李，你来啦，请坐，请坐！"

"谢谢。"

"你多大了？"

"四十二。"

"嗯——?"

"我对北方生活不适应,显得老相。"

"啊,比我小七岁!"

"我身体没病的……我还常常熬夜写些东西,献丑了,我还发表过多篇论文……"

"还能写论文?"

"厂长,请相信我,我是党员,还担任着科长职务,我不会撒谎的,我说的全是实话。"

"哎,怎么不早说？这样吧,你明天再来。"

（三）

"厂长!"

"厂长!"

"哈,巧,你们都来啦,坐!"

"好。"

"好。"

"老李,抓紧时间办理调动手续吧!"

"好。"

"下星期来上班。"

"往返新疆,哪能这么快?"

"我没同你说!"

"和他说?"

"对,他也姓李,老实敦厚,老工人哩!"

"厂长,我的事呢?"

"这个……"

"怎么?"

"很抱歉……我厂人员超编了,您还是到别的工厂联系吧……"

求　人

沈大妈为儿媳妇申请低保的事跑了两年也没有着落。沈大妈的独生子遭车祸瘫痪在床,厂里只给他500多元生活费,要养老又要养小。儿媳从农村来城里帮助料理家务,农村的田土又荒芜了;想找份临时性工作补贴家用,可她也有慢性肾病,家务活就够累的了。

沈大妈的右腿也有残疾,只得拄着拐杖揣着儿子厂里的证明、居委会的证明、儿媳所在村委会的证明去找一个又一个部门。开始倒还顺利,最后在B那儿卡壳了。B是M部门的领导,长着一张红润的胖脸。B说你儿子致残既不是工伤也不是见义勇为,儿媳怎能享受低保呢? 这不符合政策! 沈大妈说,好多部门都说这是特殊情况,可以申请低保的。B就揶揄说,他们说可以,你去找他们吧! 沈大妈不死心,又隔三岔五去找B,B总是用不符合政策这句话回绝她。

有人给沈大妈出主意,说得向B意思意思。沈大妈说,穷得叮当响,我哪还有敬神的钱呀! 又有人给沈大妈出主意,说去找

比 B 更大的官 A 领导吧,兴许行。

　　沈大妈便抱着试一试的心情去找。有人说 A 在开会。沈大妈直抱怨自己运气不好,但她下决心一定要等到 A,便在门外的长椅上坐下来。沈大妈一门心思想儿子的遭遇,想自己的无奈,还想见了 A 该如何讲,等等,以至于长椅的另一头又坐上了一个人也不知道。直到来人说,大姐,你也有事找领导？沈大妈才扭过头,一看,竟是 B。一年不见,B 老了许多,胖脸已不红润了,露出憔悴之色。

　　沈大妈有些不知所措,问了一句,来开会？

　　B 笑笑说,哪里,我找 A。

　　沈大妈说,A 正在开会。

　　B 说,你也找 A？

　　沈大妈没吭声。

　　B 不知趣又问,你找 A 有啥事？

　　沈大妈这才不悦地拉长声音说,申——请——低——保——的——事!

　　B 说,低保的事,何必找 A,只要符合政策,找 M 部门就行。

　　沈大妈看出 B 根本就没认出是她,也压根儿不记得她曾多次找过他的事了。便说,M 部门的领导真混,符合政策的事,也硬是不给办!

　　B 尽管注视着沈大妈的脸,还是没认出她来,说,你说说情况,这低保的事,符不符合政策我最清楚。

　　沈大妈便把一叠证明递给 B。

　　B 只把一张张证明材料溜了几眼,就说,你儿媳的低保绝对符合政策,只差 M 部门盖章了。M 部门的头儿是 C,这家伙才来不久,我也不熟,嗨,要是我、我还在那里,一句话就给你办妥了。

沈大妈听他这么一说,故作惊讶地说,你也是 M 部门的领导呀?

B 闷闷地说,嗨,半年前退下了。

沈大妈眼睛一亮,退了好呀,享清福了!

B 轻轻叹了一声说,好个屁?气死人哩!该享受的待遇没全落实……

沈大妈瞥一眼 B,用揶揄的口气说,你也会有难处?

也许是同病相怜吧,B 把沈大妈当成知音了,牢骚满腹地说,可不是,我找了好多部门,问干吗要降我一级,一拖再拖也没能解决!

沈大妈坐不住了,便站起身来。

B 见状,忙说,你要走?急什么嘛!嗨,我昨天也来过,今天等不到 A 我就不走!总有讲理的地方嘛……

沈大妈白了 B 一眼,头也不回,一瘸一拐往楼下走去。

两个总经理

雄和峰是老同学。过去,雄总不如峰。峰当少先队大队长时,雄小队长也不是;峰进商业局当干部时,雄还在家待业;峰后来成了国营远东商业大厦经理,雄只是个摆地摊卖服装的个体户。雄心里憋着一口气,发誓要混出个人样来。后来,雄终于时

来运转,经过几年商海拼搏,如今已成了小有名气的私营宏发商场的总经理。雄变得财大气粗,觉得峰不如他了,寻思着要在峰面前"显"一回。

一日,雄在本市最豪华的花都大酒店宴请峰。老同学海阔天空地聊了一阵后,雄忽然不动声色地问峰:听说你每月工资上千元?

峰说:哪会那么多,就四五百元。

雄说:还不够我一个月的烟酒钱呀!

峰说:那是。

雄不失时机地说:我劝你别在"远东"干了,辞了职自己干,凭你的才干,几年就能发起来,跟我一样!

峰沉吟片刻,说:跟你一样,有什么好?

雄自得地笑笑说:说句不见外的话,你"远东"赚的再多也是公家的,我"宏发"赚的全落进我的腰包!

峰略一思忖,盯着雄说:那又怎么样呢?

雄说:我自己的钱,想花就花,想怎么花就怎么花,想花多少就花多少。"远东"的钱,你敢随心所欲地花?

峰一笑,说:那要看怎么说……

雄正在兴头上,不假思索地说:比如面前这桌饭菜,花个千儿八百的,就我一句话!

峰不屑地笑笑说:这有何难?我花个千儿八百请你吃饭,也只需要签个字。

雄不解:签个字?

峰说:是呀,签了字公家报销。又说:你花多了,说不定心里还疼呢!

雄沉默了一会儿,忽然灵机一动说:"宏发"商场的商品是我的,我要送你一台"画王"彩电,你搬走就是了,纸条也不用写一张。"远东"的东西,你敢随便送人?

峰嘿嘿一笑,说:你以为我不能?我明天就送台"索尼"牌激光影碟机给你,信不信?

雄说:你私人掏腰包的我不要!

峰说:当然不是。

雄说:你不怕公私不分受查处?

峰说:查个屁!商品报损不就我一句话!

雄瞪大眼睛,说:"远东"玩亏了你好交差?

峰说:"远东"玩亏了是公家的,"宏发"亏了是你自己的。你亏了,破产了,说不定要跳楼……

雄有些不快,打断峰的话:"远东"亏了,你会有好果子吃?

峰平静地说:"远东"亏了,我工资、奖金一个子儿不少拿,充其量换个单位,嘿!我照样还当总经理……

雄语塞了,他万万没料到谈话的结局会是这样。他在心里骂道:看来我还是不如峰!

好一朵茉莉花

转身走进厨房,她将花送到鼻下面,多好的茉莉花啊!洁白的花瓣儿,鲜嫩欲滴,散发着馥郁的芳香。

她早就想得到这茉莉花,是出于姑娘的自尊,还是女性的妒忌?每天早上,一看见他给那些女车工、女钳工每人送两朵时,她心里就涌起一股很不好受的滋味。为什么每次都不给我?在乡下,我才不稀罕哩,那洁白的栀子花,纤巧的金银花,到处都是。我不漂亮?我土气?我虽说不如她们时髦,随着父亲的去世,我也是城市户口了!

终于得到了茉莉花,他主动送的。走到卖菜窗口,他把花往她手里塞。她接过花,又惊又喜。

整整一个上午,那串花儿挂在衬衣第二粒扣子上,她时不时看它一眼,或埋下头深深地吸一吸香气。她在心里感激他。姑娘的心为此慌乱了一上午。直到中午,他笑眯眯地从她手里端走了菜,心,才如释重负地平静下来。

但以后有好几天没有得到茉莉花了。她总共只得到两次花。每天早上,他照样给那些漂亮的姑娘们送花,好像和往常一样忘却了她似的,她离他那么近,心却离得很远。

一天中午,开饭的时间快过了,她正要去关窗口上那扇小门,忽然从窗口塞进一只搪瓷饭盆,是他!他笑眯眯地说:"小凤,你喜欢茉莉花?"

"……"

"我种了好多盆茉莉花,天天都开,你要是喜欢,以后天天给你带。"他边说边把菜票递进去,"来两份肉!"

她打好菜,却抓住饭盆不放:"一元钱哪能买两份肉?!"

"嘿嘿……"他把头伸进窗口,尴尬地笑着。

她顺手指指墙上。

他的目光落在那块小黑板上:那上面记录着炊事员的客餐费

用,她的名字后面赫然写着:炒肉丝两份。日期正是他第一次给她送花的那天。那天他白吃了两份肉。

从此,她将永远失去他的茉莉花。她不后悔,因为家乡田野的笃实本色的野茉莉将永远开在她的心灵里……

路　线

当桑塔纳轿车和北京吉普车驶进鱼背乡乡政府大院时,鲁乡长的神经便绷紧了。他急忙奔过去,与下车的领导们一一握手,然后把领导们让进早已布置一新,摆上了西瓜、葡萄等水果的会议室。

老尤分管乡镇的农业,是鲁乡长的顶头上司。鲁乡长瞅空小声问老尤说,要下村看看吗？老尤说,当然要看,不然 A 领导大老远跑来干什么？

鲁乡长一听,急得汗都出来了。A 领导的厉害鲁乡长是领教过的。

A 领导是前年调到县里的,上任后既不听汇报也不召开会议,而是一头扎进基层,开展调查研究,几乎跑遍了全县的每一个角落。一天,老尤打电话通知鲁乡长,说 A 领导要来鱼背乡看看,务必赶快做好准备。鲁乡长知道老尤所说的"准备"就是选好"看看"的路线,要让 A 领导看到成绩,看到"闪光"的东西。

鲁乡长知道本乡还很贫穷,村民的收入也不多,哪有什么好

看的。好在两年前,鱼背乡泥鳅村有几户农民从事食用菌栽培,小有经济效益;鳝鱼村也有几户农民搞柑橘栽培,橘树已经成活;还有两个建筑包工头修了漂亮的楼房。鲁乡长立即设计好了让A领导"看看"的路线:先到泥鳅村,后到鳝鱼村,再到建筑包头家。令鲁乡长无比兴奋的是,看的这几处地方竟奇迹般的都在东边,不用走回头路,给人顺其自然的感觉。

意想不到的是,当老尤和鲁乡长引导A领导往东边走时,A领导却反其道而行之,脚步迈向了西边。于是,A领导看到了贫瘠的农田、年久失修的水利设施,走进了破旧的农舍,并与贫困户和失学儿童进行了交谈……弄得老尤脸上无光,鲁乡长理所当然地也受到了A领导的严厉批评。鲁乡长当即表态,说一定加大扶贫工作力度,两年内实现农民脱贫致富奔小康的目标。

令鲁乡长生畏的A领导两年后再次光临鱼背乡,还要再"看看"。鲁乡长急得像热锅上的蚂蚁,趁乡女广播员给众领导拿烟倒茶的当儿,又悄声问老尤说,看什么好呢?

老尤说,还看食用菌栽培,还看柑橘园,还看楼房。食用菌栽培规模不是扩大了吗?柑橘不是挂果了吗?楼房也增加了好几幢嘛,到底还是有变化嘛!

鲁乡长为难地说,东边是按您的指示重点扶持了的,西边还是老模样,一点儿变化也没有,这看的路线如何定呀?要是A领导又往西边走怎么办?

老尤有些牢骚地说,这A领导是鬼精的,哪壶不开提哪壶!老尤思忖片刻后又说,这路线好定,到时候把A领导往西边带,依他的脾气,肯定会往东边走……

鲁乡长还想再问什么,但老尤已和A领导对上话了。

A领导问老尤说,鱼背乡这两年乡村经济发展怎么样?

老尤说,不错,种植业、养殖业都有长足发展,变化大哩。具体情况由鲁乡长汇报吧!

鲁乡长有些紧张,埋头看着记事本,讲着讲着就进入状态,他几乎是倒背如流地汇报着抓乡村经济发展的三个规划五条措施七个突破……他讲得口干舌燥,端起杯子喝了口茶,同时看了一眼A领导。A领导正侧身专心致志欣赏壁上的一幅装饰画,根本没听他汇报。

鲁乡长很纳闷:是我讲得不好,还是看出我在吹牛? 再一想,心里明白了:A领导的工作作风是不喜欢听汇报,而喜欢深入实际看效果。鲁乡长心里又敲起了小鼓。

此时,老尤也发现A领导有些心不在焉,便对鲁乡长说,简明扼要说说就行了,A领导很忙,还要下村看看,中午前还要赶回县城哩! 老尤清楚:A领导一贯严于律己,是不轻易到下面进餐的。

鲁乡长正准备三言两语结束汇报,忽听A领导发话了。A领导说,让鲁乡长慢慢说吧,中午不回城了。

听说A领导中午不回城了,老尤忙向鲁乡长使了个眼色。鲁乡长会意,立即打发身边的副乡长安排午餐去了。

A领导走进乡食堂里面的豪华小餐厅,扫了一眼旋转餐桌,不悦地说,怎么搞这么多菜? 这不是大吃大喝吗? 我不吃! 说罢转身要走。

鲁乡长见状,一脸恐慌,忙说,都是家常菜,都是家常菜……

老尤也打圆场说,鸡鸭在农村不算什么,家家都有,鱼呀肉呀如今农村也不稀罕,就是甲鱼是市场上买的。A领导终于停住脚步,说,记住,下不为例。

鲁乡长乘领导们觥筹交错之时,悄悄放下筷子溜到院子里。他一边转圈圈一边忐忑不安地想,丑媳妇马上就要见公婆了,A领导会按照他和老尤设计的"路线"——反其道而行之吗?

老尤出来小便,见了鲁乡长,说,不吃了?鲁乡长愁眉苦脸地说,我心里还是不踏实,哪吃得下!老尤皱皱眉,说,是呀,是呀……我也一样。

A领导从食堂出来了,一边用牙签剔牙一边和司机打招呼,随即朝桑塔纳轿车走去。鲁乡长急忙小心翼翼地说,您这就下村去?别忙,先歇歇,喝杯茶。

A领导拉开车门,摇摇手说,不用看了,早点回去,下午有个会,晚上还有个会呢!

老尤和鲁乡长对视了一下,都怀疑自己的耳朵是不是出了毛病。

给自己颁奖

小潘从县农科所被调到凹凸乡任科技副乡长时,正赶上乡里研究召开养殖工作表彰会的事。小潘想自己初来乍到不了解情况,便静静地听。当议论到如何奖励养殖大户的问题时,尹乡长点他的名问道,潘乡长,你看发不发奖金呢?小潘想了想说,不知道乡里以前是怎么做的,以前发过奖金,这回也该发点吧。尹乡长听了一笑,说,问题是乡里没钱!我手头上还有三千多元招待费没钱报销呢!小潘说,既然这样,就搞精神奖励算了。尹乡长说,那不行,如今开表彰会哪有不发奖金的?关键是车县长要来为养殖大户颁奖。面对这样的难题,小潘不吭声了。哪知尹乡长又说,潘乡长,这次我们乡要重奖养殖大户,给你一项任务吧,你想办法在三天内借八千元钱来。

小潘面有难色说,如今什么东西都好借,就这钱不好借。

尹乡长毫不让步地说,你分管养殖业,这也是你的本职工作呀!

小潘早听说尹乡长脑袋瓜灵活,办事精明,没料到自己刚来就被他将上军了。小潘本想分辩,又觉得不能当着众人扫尹乡长的面子,于是不情愿地闭了嘴。

散会后,小潘把尹乡长拉到一旁说,我到哪儿去借钱呀?

尹乡长见小潘急得鼻尖冒汗的样子,笑笑说,你是大名鼎鼎的养殖业专家,养殖户听说你过来当副乡长,都高兴得不得了。

小潘和养殖户是挺熟。他几次"送科技下乡"到过凹凸乡,为养殖大户上过技术辅导课,还进行过现场指导。小潘说,这与借钱有啥关系?

尹乡长拍拍小潘的肩说,养殖户都有钱,你开口肯定能借到的。

果然,当小潘以乡政府的名义和副乡长的身份提出要借点钱急用时,养殖户们都二话没说,纷纷慷慨解囊。

尹乡长接过小潘递过来的八千元现金,喜形于色地说,我没为难你吧?潘乡长出马,一个顶俩哩。小潘心里却高兴不起来,说,还不知乡政府啥时候能偿还这笔钱呢!

尹乡长说,你呀,真没见过世面。我都不急,你急什么事嘛!

凹凸乡养殖工作表彰大会如期举行。车县长对凹凸乡加大养殖工作力度,给八户养殖户各重奖一千元的做法赞不绝口。得奖的八名养殖户纷纷表示要更上一层楼,其他养殖户也表示要扩大养殖规模。

眼下不是农忙时节,乡政府里很清闲。小潘闲不住,见天往养殖户家里跑,为他们发展生产出点子。

一天,乡领导正在开会,得奖的八名养殖户不约而同来到乡政府,要求讨回借款。尹乡长吃了一惊,忙小声问小潘怎么讨债的就上门来了?小潘说,我怕他们不肯借,就说两个星期内一定还钱。尹乡长阴了脸咕哝说,你办事嫩了点!哪来钱还给他们?小潘慌了,说,我去做解释工作,要养殖户们再缓些日子。尹乡长说,不!还是我自己来说吧。

尹乡长给每个养殖户敬了一支烟后,明知故问地说,坐,坐。各位有事吗?

养殖户你一言我一语,说我们要扩大养殖规模,等钱用哩。

尹乡长很和气地说,潘乡长出面借的那钱,不是第二天就如数归还给你们了吗?

养殖户们一头雾水,都摇头说,乡长真会开玩笑,钱没有还呀!

尹乡长委婉地说,你们不是不知道,这几年乡政府财政紧张得很,哪还有钱给你们发奖金呀……